मंगल-सूत्र

(प्रेमचंद का आखिरी उपन्यास, जिसे वे पूरा न कर सके)

प्रेमचंद

टू साइन

प्रकाशक : ट्रू साइन पब्लिशिंग हाउस

पता : SY.N0.21/2 & 21/3, सोननहल्ली,

कृष्णराजपुरल, बेंगलुरु, कर्नाटक – 560049, भारत

ईमेल: books@truesign.in

वेबसाइट: www.truesign.in

© प्रकाशकाधीन

मंगल-सूत्र

प्रेमचंद

ISBN: 978-93-90852-74-1

संस्करण: 2022

विषय-सूचि

भाग – १

1

'मंगल-सूत्र' प्रेमचंद की अंतिम और अपूर्ण रचना है, जिसे वे पूर्ण न कर सकें, जब विधाता ने उन्हें बुला लिया। इसका बहुत थोड़ा अंश ही वे लिख पाए थे। यह 'गोदान' के तुरंत बाद की कृति है, जिसमें लेखक अपनी शक्तियों के चरमोत्कर्ष पर था। निस्संदेह यह रचना बहुत महान होती जैसी की प्रारंभिक पृष्ठों से ही पता चल जाता है। लेखक इस उपन्यास को अपने जीवन दर्शन का प्रतीक मान कर चला था। उनका कहना था कि इसकी संपूर्ण परिकल्पना उनके अपने जीवन पर आधारित थी-किन्हीं अर्थों में आप इसे एक आत्मकथात्मक उपन्यास मान सकते है। उन्होंने बताया था कि इस कृति के द्वारा वे प्रमाणित करेंगे कि आदर्शों पर चल कर भी कही माने वाली भौतिक सफलता प्राप्त की या सकती है-या कम से कम उसका आत्म-संतोष उपलब्ध किया जा सकता है, जो अंततोगत्वा जीवन की एकमात्र सार्थकता है। सफलता की प्राप्ति के लिए जीवन में असत्य, नैतिक पतन और नृशंस मानवहीनता तनिक भी अनिवार्य नहीं है। और यह कि जिस सामान्य जीवन को जनसमूह निरादर और तिरस्कार की दृष्टि से देखता है, असल में वही उदात्त सार्थक और स्पृहणीय है। इस नैतिक और दार्शनिक सत्य के स्थापन को प्रेमचंद ने इस उपन्यास रचना का आधार बनाया। लेखक का अपना जीवन इस सत्य का सबसे प्रबल प्रमाण था और उन्होंने इस जीवन द्वारा यह निर्विवाद रूप से सिद्ध कर दिया कि साहित्यकार एक आदर्श मानव होता है और उसका अस्तित्व देश-काल से निरपेक्ष। मानवता के लिए वह प्रकाशपुंज है जिसका आलोक कभी धूमिल नहीं होता।

बड़े बेटे संतकुमार को वकील बनाकर, छोटे बेटे साधुकुमार को बीए. की डिग्री दिला कर और छोटी लड़की पंकजा के विवाह के लिए स्त्री के हाथों में पांच हजार रुपये नकद रख कर देवकुमार ने समझ लिया कि वह जमीन के कर्त्तव्य से मुक्त हो गए और जीवन में जो कुछ शेष रहा है, उसे ईश्वर चिन्तन को अर्पण कर सकते हैं। आज चाहे कोई उन पर अपनी जायदाद को भोगविलास में उड़ा देने का इल्जाम लगाए, चाहे साहित्य के अनुष्ठान में लेकिन इससे कोई इनकार नहीं कर सकता कि उनकी आत्मा विशाल थी। यह असंभव था कि कोई उनसे मदद मांगे और निराश हो। भोग विलास जवानी का नशा था और जीवन भर वह उस क्षति की पूर्ति करते रहे, लेकिन साहित्य-सेवा के सिवा उन्हें और किसी काम में रुचि न हुई और यहां धन कहां? हां यश, मिला और उनके आत्मसंतोष के लिए इतना

काफी था। संचय में उनका विश्वास भी न था। संभव है, परिस्थिति ने इस विश्वास को दृढ़ किया हो लेकिन उन्हें कभी संचय न कर सकने का दुख नहीं हुआ। सम्मान के साथ अपना निर्वाह होता जाए, इससे ज्यादा वह और कुछ न चाहते थे। साहित्य-रसिकों में जो एक अकड़ होती है, चाहे उसे शेखी ही क्यों न कह लो वह उनमें भी थी। कितने ही रईस और राजे इच्छुक थे वह उनके दरबार में जाएं, अपनी रचनाएं सुनाएं उनको भेंट करें, लेकिन देवकुमार ने आत्म-सम्मान को कभी हाथ से न जाने दिया। किसी ने बुलाया भी तो धन्यवाद देकर टाल गए। इतना ही नहीं वह यह भी चाहते थे कि राजे और रईस मेरे द्वार पर आयें मेरी खुशामद करें, जो अनहोनी बात थी। अपने कई मंदबुद्धि सहपाठियों को वकालत या दूसरे सीगों में धन के ढेर लगाते, जायदादें खरीदते नए-नए मकान बनवाते देखकर कभी-कभी उन्हें अपनी दशा पर खेद होता था, विशेषकर जब उनकी जन्मसंगिनी शैव्या गृहस्थी की चिन्ताओं से जल कर उन्हें कटु वचन सुनाने लगती थी। पर अपनी रचना-कुटीर में कलम हाथ में लेकर बैठते ही वह सब कुछ भूल साहित्य-स्वर्ग में पहुंच जाते थे। आत्म गौरव जाग उठता था। सारा अवसाद और विषाद शांत हो जाता था।

मगर इधर कुछ दिनों से साहित्य रचना में उनका अनुराग कुछ ठंडा होता जाता था। उन्हें कुछ ऐसा जान पड़ने लगा था कि साहित्य-प्रेमियों को उनसे वह पहले की सी भक्ति नहीं रही। इधर उन्होंने जो दो पुस्तकें बड़े परिश्रम से लिखी थीं और जिनमें उन्होंने अपने जीवन के सारे अनुभव और कला की सारी प्रौढ़ता भर दी थी, उनका कुछ विशेष आदर न हुआ। इसके पहले उनकी जो रचनाएं निकली थीं उन्होंने साहित्य संसार में हलचल मचा दी थी। हर एक पत्र में उन पुस्तकों की विस्तृत आलोचनाएं हुई थीं। साहित्य-संस्थाओं ने उन्हें बधाइयां दी थीं, साहित्य मर्मज्ञों ने गुणग्रहाकता से भरे पत्र लिखे थे। यद्यपि उन रचनाओं का देवकुमार की नजर में अब उतना आदर न था, उनके भाव उन्हें भावुकता के दोष पूर्ण लगते थे। शैली में भी कृत्रिमता और भारीपन था, पर जनता की दृष्टि में वही रचनाएं अब भी सर्वप्रिय थीं। इन नई कृतियों से बिना बुलाए मेहमान सा आदर किया गया मानो साहित्य- संसार संगठित हो कर उनका अनादर कर रहा हो। कुछ तो यों भी उनकी इच्छा विश्राम करने की रही थी, इस शीतलता ने उसे विचार को और दृढ़ कर दिया। उनके दो-चार सच्चे साहित्यिक मित्रों ने इस तर्क से उनको ढाढस देने की चेष्टा की कि बड़ी भूख में मामूली भोजन भी जितना प्रिय लगता है, भूख कम हो जाने पर उससे कहीं रुचिकर पदार्थ भी उतने प्रिय नहीं लगते, पर इससे उन्हें आश्वासन न हुआ। उनके विचार में किसी साहित्यकार की सजीवता का यही प्रमाण था कि उसकी- रचनाओं की भूख जनता में बराबर बनी रहे। जब वह भूखे न रहे तो उसको क्षेत्र से प्रस्थान कर जाना चाहिए। उन्हें केवल पंकजा के विवाह की चिन्ता थी और जब उन्हें एक प्रकाशक ने उनकी पिछली दोनों कृतियों के पांच हजार दे

दिए तो उन्होंने इसे ईश्वरीय प्रेरणा समझा और लेखनी उठा कर सदैव के लिए रख दी। मगर इन छह महीनों में उन्हें बार-बार अनुभव हुआ कि उन्होंने वानप्रस्थ लेकर भी अपने को बन्धनों से न छुड़ा पाए। शैव्या के दुराग्रह की तो उन्हें कुछ ऐसी परवाह न थी। वह उन देवियों में थी, जिनका मन संसार से कभी नहीं छूटता। उसे अब भी अपने परिवार पर शासन करने की लालसा बनी हुई थी। और जब तक हाथ में पैसे भी न हों, उसकी यह लालसा पूरी न हो सकती थी। जब देवकुमार अपने चालीस वर्ष के विवाहित जीवन में उसकी तृष्णा न मिटा सके, तो अब उसका प्रयत्न करना वह पानी पीटने से कम व्यर्थ न समझते थे। दुःख उन्हें होता था संतकुमार के विचार और व्यवहार पर जो उनको घर की सम्पत्ति लुटा देने के लिए इस दशा में भी क्षमा न करना चाहता था। वह सम्पत्ति जो पचास साल पूर्व दस हजार में फेंक दी गई, आज होती तो उससे दस हजार साल की निकासी हो सकती थी। उनकी जिस आराजी में दिन को सियार लोटते थे, वहां अब नगर का सब से गुलजार बाजार था, जिसकी जमीन सौ रुपये वर्ग फुट पर बिक रही थी। संतकुमार का महत्वाकांक्षी मन रह-रह कर अपने पिता पर कुढ़ता रहता था। देवकुमार के पास पुत्र के स्वभाव में इतना अंतर कैसे हो गया, यह रहस्य था। देवकुमार के पास जरूरत से हमेशा कम रहा पर उनके हाथ सदैव खुले रहे। उनका सौन्दर्य भावना से जागा हुआ मन कभी कंचन की उपासना को जीवन लक्ष्य न बना सका। यह नहीं कि वह धन का मूल्य जानते न हों। मगर उनके मन में यह धारण जम गई थी कि जिस राष्ट्र में तीन चौथाई प्राणी भूखे मरते हों, वहां किसी एक को बहुत साधन कमाने का कोई नैतिक अधिकार नहीं है, चाहे इसकी उसमें सामर्थ्य हो। मगर संतकुमार की लिप्सा ऐसे नैतिक आदर्शों पर हंसती थी। कभी कभी तो निस्संकोच होकर वह यहां तक कह जाता था कि जब आपको साहित्य से प्रेम था तो गृहस्थ बनने का क्या हक था। आपने अपना जीवन तो चौपट किया ही, हमारा जीवन भी मिट्टी में मिला दिया। और अब आप वानप्रस्थ लेकर बैठे हैं, मानो आपके जीवन के सारे ऋण चुक गए।

जाड़ों के दिन थे। आठ बज चुके थे। सारा घर नाश्ते के लिए जमा हो गया था। पंकजा तख्त पर चाय और संतरे और सूखे मेवे तश्तरियों में रख दोनों भाइयों को उनके कमरों से बुलाने गई और एक क्षण में आकर साधुकुमार बैठ गया। ऊंचे कद का, सुगठित, रूपवान, गोरा, मीठे वचन बोलने कला सौम्य युवक था। जिसे केवल खाने और सैर-सपाटे से मतलब था। जो कुछ जुट जाए भरपेट खा लेता था और यार-दोस्तों में निकल जाता था।

शैव्या ने पूछा-सन्तू कहां रह गया? चाय ठंडी हो जाएगी तो कहेगा यह तो पानी है! बुला ले तो साधु, इसे जैसे खाने-पीने की भी छुट्टी नहीं मिलती।

साधु सिर झुका कर रह गया! संतकुमार से बोलते उसकी जान निकलती थी। शैव्या ने एक क्षण बाद फिर कहा-उसे भी क्यों नहीं बुला लेता?

साधु ने दबी जबान से कहा-नहीं, बिगड़ जाएंगे सवेरे-सवेरे तो मेरा सात दिन खराब हो जाएगा।

इतने में संतकुमार भी आ गया। शक्ल सूरत में छोटे भाई से मिलता-जुलता केवल शरीर का गठन उतना अच्छा न था। हां, मुख पर तेज और गर्व की झलक थी और मुख पर एक शिकायत सी बैठी हुई थी, जैसे कोई चीज उसे पसंद न आती हो।

तख्त पर बैठ कर चाय मुंह से लगाई और नाक सिकोड़ कर बोले-तू क्यों नहीं आती पंकजा? और पुष्पा कहां है? मैं कितनी बार कह चुका हूं कि नाश्ता, खाना पीना सब का एक साथ होना चाहिए।

शैव्या ने आंखे तरेर कर कहा-तुम लोग खा लो यह सब पीछे खा लेंगी। पंगत थोड़ी है कि सब एक साथ बैठें।

संतकुमार ने एक घूंट चाय पीकर कहा-वही पुराना लचर। कितनी बार कह चुका हूं कि उस पुराने लचर संकोच का जमाना नहीं रहा।

शैव्या ने मुंह बना कर कहा-सब एक साथ तो बैठें लेकिन पकाए कौन और परसे कौन? एक महाराज रक्खो पकाने के लिए, दूसरा परोसने के लिए जब वह ठाट निभेगा।

'तो महात्मा जी उसका इन्तजाम क्यों नहीं करते या वानप्रस्थ लेना ही जानते हैं।'

'उनको जो कुछ करना था, कर चुके। अब तुम्हें जो कुछ करना हो तुम करो।'

'जब पुरुषार्थ नहीं था तो हम लोगों को पढ़ाया-लिखाया क्यों? किसी देहात में ले जाकर छोड़ देते। हम अपनी खेती करते या मजूरी करते और पड़े रहते। तो यह घटराग ही क्यों पाला?'

'तुम उस वक्त न थे, सलाह किससे पूछते?'

संतकुमार ने कड़वा मुंह बनाए चाय पी, कुछ मेवे खाए, फिर साधुकुमार से बोले-तुम्हारी टीम कब बंबई जा रही है जी?

साधुकुमार ने गरदन झुकाए त्रस्त स्वर में कहा-परसों।

'तुमने नया सूट बनवाया?'

'मेरा पुराना सूट अभी काम दे सकता है।'

'काम तो सूट के न रहने पर भी चल सकता है। हम लोग तो नंगे पांव, धोती चढ़ा कर खेला करते थे। मगर जब एक आल इंडिया टीम में खेलने जा रहे हो, तो वैसा ठाट भी तो

होना चाहिए। फटेहाल जाने से तो कहीं अच्छा न जाना। जब वहां लोग जानेंगे कि तुम महात्मा देवकुमार जी के सुपुत्र हो तो दिल में क्या कहेंगे ?'

साधुकुमार ने कुछ जवाब न दिया। चुपचाप नाश्ता करके चला गया। वह अपने पिता की माली हालत जानता था और उन्हें संकट में न डालना चाहता था। अगर संतकुमार नए सूट की जरूरत समझते हैं तो बनवा क्यों नहीं देते ? पिता के ऊपर भार डालने के लिए उसे क्यों मजबूर करते हैं ?

साधु चला गया तो शैव्या ने आहत कंठ से कहा-जब उन्होंने साफ-साफ कह दिया कि अब मेरा घर से कोई वास्ता नहीं और सब कुछ तुम्हारे ऊपर छोड़ दिया तो तुम क्यों उन पर गृहस्थी का भार डालते हो ? अपने, सामर्थ्य और बुद्धि के अनुसार जैसे हो सका उन्होंने अपनी उम्र काट दी। जो कुछ वह नहीं कर सके या उनसे जो चूक हुई उन पर फिकरे कसना तुम्हारे मुंह से अच्छा नहीं लगता। अगर तुमने इस तरह उन्हें सताया तो मुझे डर है कि वह घर छोड़ कर कहीं अंतर्धान न हो जाएं। वह धन न कमा सकें, पर इतना तो तुम जानते ही हो कि वह जहां भी जाएंगे लोग उन्हें सिर और आंखों पर लेंगे।

शैव्या ने अब तक सदैव पति की भर्त्सना ही की थी। इस वक्त उसे उनकी वकालत करते देखकर संतकुमार मुस्करा पड़ा।

बोला-अगर उन्होंने ऐसा इरादा किया तो उनसे पहले मैं अंतर्धान हो जाऊंगा। मैं यह भार अपने सिर नहीं ले सकता। उन्हें इसको संभालने में मेरी मदद करनी होगी। उन्हें अपनी कमाई लुटाने का पूरा हक था, लेकिन बाप दादों की जायदाद को लुटाने का उन्हें कोई अधिकार न था। इसका उन्हें प्रायश्चित करना पड़ेगा। वह जायदाद हमें वापस करनी होगी। मैं खुद भी कुछ कानून जानता हूं। वकीलों, मजिस्ट्रेटों से भी सलाह कर चुका हूं। जायदाद वापस ली जा सकती है। अब मुझे यही देखना है कि इन्हें अपनी संतान प्यारी है या अपना महात्मापन।

यह कहता हुआ संतकुमार पंकजा से पान लेकर अपने कमरे में चला गया।

2

संतकुमार की स्त्री पुष्पा बिल्कुल फूल सी है, सुन्दर, नाजुक हल्की-फुल्की, लजाधुर, लेकिन एक नंबर की आत्माभिमानी है। एक-एक बात के लिए कई-कई दिन रूठी रह सकती है। और उसका रूठना भी सर्वथा नए डिजाइन का है। वह किसी से कुछ कहती नहीं, लड़ती नहीं, बिगड़ती नहीं, घर का सब काम काज उसी तन्मयता से करती है बल्कि और ज्यादा एकाग्रता से। बस, जिससे नाराज होती है उसकी ओर ताकती नहीं। वह जो कुछ

कहेगा वह करेगी, वह जो कुछ पूछेगा जवाब देगी, वह जो कुछ मांगेगा उठा कर दे देगी, मगर बिना उसकी ओर ताके हुए। इधर कई दिन से संतकुमार से नाराज हो गई है और अपनी फिरी हुई आंखों से उसके सारे आघातों का सामना कर रही है।

संतकुमार ने स्नेह के साथ कहा-'आज शाम को चलना है न?'

पुष्पा ने सिर नीचा करके कहा-'जैसी तुम्हारी इच्छा।'

'चलोगी न?'

'तुम कहते हो तो क्यों न चलूंगी?'

'तुम्हारी क्या इच्छा है?'

'मेरी कोई इच्छा नहीं है।'

'आखिर किस बात पर नाराज हो?'

'किसी बात पर नहीं।'

'खैर, न बोलो लेकिन वह समस्या यों चुप्पी साधने से हल न होगी।'

पुष्पा के इस निरीह अस्त्र ने संतकुमार को बौखला डाला था। वह खूब झगड़कर उस विचार को शांत कर देना चाहता था। क्षमा मांगने पर तैयार था वैसी बात अब फिर मुंह से न निकालेगा लेकिन उसने जो कुछ कहा था वह उसे चिढ़ाने के लिए नहीं एक यथार्थ बात को पुष्ट करने के लिए ही कहा था। उसने कहा था जो स्त्री पुरुष पर अवलंबित है, उसे पुरुष की हुकूमत माननी पड़ेगी। वह मानता था कि उस अवसर पर यह बात उसे मुंह से न निकालनी चाहिए थी। अगर कहना आवश्यक भी होता तो मुलायम शब्दों में कहना था लेकिन जब एक औरत अपने अधिकारों के लिए पुरुष से लड़ती है, उसकी बराबरी का दावा करती है, तो उसे कठोर-बातें सुनाने के लिए तैयार रहना चाहिए। इस वक्त भी वह इसलिए आया था कि पुष्पा को कायल करे और समझाए कि मुंह फेर लेने से ही किसी बात का निर्णय नहीं हो सकता। वह इस मैदान को जीत कर यहां एक झंडा गाड़ देना चाहता था, जिसमें इस विषय पर कभी विवाद न हो सके। तब से कितनी ही नई-नई युक्तियां उसके मन में आ गई थीं, मगर जब शत्रु किले के बाहर निकला ही नहीं तो उस पर हमला कैसे किया जाए।

एक उपाय है। शत्रु को बहला कर, उस पर अपने संधि-प्रेम का विश्वास जमाकर, किले से निकालना होगा।

उसने पुष्पा की ठुड्डी पकड़कर अपनी ओर फेरते हुए कहा-अगर यह बात तुम्हें इतनी लग रही है, तो मैं उसे वापस लिए लेता हूं। उसके लिए तुमसे क्षमा मांगता हूं। तुमको ईश्वर

ने वह शक्ति दी है कि तुम मुझसे दस-पांच दिन बिना बोले रह सकती हो, लेकिन मुझे तो उसने वह शक्ति नहीं दी। तुम रूठ जाती हो तो जैसे मेरी नाड़ियों में रक्त का प्रवाह बंद हो जाता है। अगर वह शक्ति तुम मुझे भी प्रदान कर सको, तो मेरी और तुम्हारी बराबर की लड़ाई होगी और मैं तुम्हें छेड़ने न आऊंगा। लेकिन अगर ऐसा नहीं कर सकती हो इस अस्त्र का मुझ पर वार न करो।

पुष्पा मुस्करा पड़ी। उसने अपने अस्त्र से पति को परास्त कर दिया था। जब वह दीन बनकर उससे क्षमा मांग रहा है, उसका हृदय क्यों न पिघल जाए।

संधि पत्र पर हस्ताक्षर स्वरूप पान का एक बीड़ा लगाकर संतकुमार को देती हुई बोली - अब से कभी वह बात मुंह से न निकालना। अगर मैं तुम्हारी आश्रिता हूं, तो तुम भी मेरे आश्रित हो। मैं तुम्हारे घर में जितना काम करती हूं। इतना ही काम दूसरों के घरों में करूं तो अपना निबाह कर सकती हूं या नहीं बोलो।

संतकुमार ने कड़ा जवाब देने की इच्छा को रोककर कहा-बहुत अच्छी तरह।

'तब मैं जो कुछ कमाऊंगी वह मेरा होगा। यहां मैं चाहे प्राण भी दे दूं पर मेरा किसी चीज पर अधिकार नहीं। तुम जब चाहो मुझे घर से निकाल सकते हो।'

'कहती जाओ, मगर उसका जवाब सुनने के लिए तैयार रहो।'

'तुम्हारे पास कोई जवान नहीं है, केवल हठ धर्म है। तुम कहोगे यहां तुम्हारा जो सम्मान है, वह वहां न रहेगा वहां कोई तुम्हारी रक्षा करने वाला न होगा कोई तुम्हारे दुख-दर्द में साथ देने वाला न होगा। इसी तरह की और भी कितनी ही दलीलें तुम दे सकते हो। मगर मैंने मिस बटलर को आजीवन क्वांरी रह कर सम्मान के साथ जिंदगी काटते देखा है। उनका निजी जीवन कैसा था, यह मैं नहीं जानती। संभव है वह हिन्दू गृहिणी के आदर्श के अनुकूल न रहा हो, मगर उनकी इज्जत सभी करते थे और उन्हें अपनी रक्षा के लिए किसी पुरुष का आश्रय लेने की कभी जरूरत नहीं हुई।'

संतकुमार मिस बटलर को जानता था। वह नगर की प्रसिद्ध लेडी डाक्टर थीं। पुष्पा के घर से उसका घराव सा हो गया था। पुष्पा के पिता डाक्टर थे। और एक पेशे के व्यक्तियों में कुछ घनिष्ठता हो ही जाती है। पुष्पा ने जो समस्या उसके सामने रख दी थी, उस पर मीठे और निरीह शब्दों से कुछ कहना उसके लिए कठिन हो रहा था। और चुप रहना उसकी पुरुषता के लिए उससे भी कठिन था।

दुविधा में पड़कर बोला-'मगर सभी स्त्रियां मिस बटलर तो नहीं हो सकतीं?' पुष्पा ने आवेश के साथ कहा-'क्यों? अगर वह डाक्टरी पढ़कर अपना व्यवसाय कर सकती हैं, तो मैं क्यों नहीं कर सकती?'

'उनके समाज में और हमारे समाज में बड़ा अंतर है।'

'अर्थात् उनके समाज के पुरुष शिष्ट हैं, शीलवान हैं और हमारे समाज के पुरुष चरित्रहीन हैं, लम्पट हैं, विशेषकर जो पढ़े-लिखे हैं।'

'यह क्यों नहीं कहतीं कि उस समाज में नारियों में आत्मबल है, अपनी रक्षा करने की शक्ति है और पुरुषों को काबू में रखने की कला है।'

'हम भी तो वही आत्मबल और शक्ति प्राप्त करना चाहती हैं, लेकिन तुम लोगों के मारे जब कुछ चलने पाए। मर्यादा और आदर्श जाने किन-किन बहानों से हमें दबाने की और हमारे ऊपर अपनी हुकूमत जमाए रखने की कोशिश करते हो।'

संतकुमार ने देखा कि बहस फिर उसी मार्ग पर चल पड़ी है जो अंत में पुष्पा को असहयोग धारण करने पर तैयार कर देता है, और इस समय वह उसे नाराज करने नहीं उसे खुश करने आया था।

बोला-'अच्छा साहब सारा दोष पुरुषों का है, अब राजी हुई। पुरुष भी हुकूमत करते-करते थक गया है। और अब कुछ दिन विश्राम करना चाहता है। तुम्हारे अधीन रहकर अगर वह इस संघर्ष से बच जाए तो वह अपना सिंहासन छोड़ने को तैयार है।'

पुष्पा ने मुसकरा कर कहा- अच्छा आज से घर में बैठो।

'बड़े शौक से बैठूंगा, मेरे लिए अच्छे-अच्छे कपड़े, अच्छी-अच्छी सवारियां ला दो। जैसे तुम कहोगी, वैसा ही करूंगा! तुम्हारी मर्जी के खिलाफ एक शब्द भी न बोलूंगा।'

'फिर तो न कहोगे कि स्त्री-पुरुष की मुहताज है, इसलिए उसे पुरुष की गुलामी करनी चाहिए?'

'कभी नहीं मगर एक शर्त पर।'

'कौन सी शर्त?'

'तुम्हारे प्रेम पर मेरा ही अधिकार रहेगा।'

'स्त्रियां तो पुरुषों से ऐसी शर्त कभी न मनवा सकीं?'

'यह उनकी दुर्बलता थी। ईश्वर ने तो उन्हें पुरुषों पर शासन करने के लिए सभी अस्त्र दे दिए थे।'

साध हो जाने पर भी पुष्पा का मन आश्वस्त न हुआ। संतकुमार का स्वभाव वह जानती थी। स्त्री पर शासन करने का भी जो संस्कार है। वह इतनी जल्द किसे बदल सकता है। ऊपर की बातों से संतकुमार उसे अपने बराबर का स्थान देते थे। लेकिन इसमें एक प्रकार

का एहसान छिपा होता था। महत्व की बातों में वह लगाम अपने हाथ में रखते थे। ऐसा आदमी यकायक अपना अधिकार त्यागने पर तैयार हो जाए, इसमें कोई रहस्य अवश्य है!

बोली-नारियों ने उन शस्त्रों से अपनी रक्षा नहीं की, पुरुषों ही की रक्षा करती रहीं। यहां तक कि उनमें अपनी रक्षा करने की सामर्थ्य ही नहीं रही।

संतकुमार ने मुग्ध भाव से कहा-यही भाव मेरे मन में कई बार आया है, पुष्पा और इसमें कोई संदेह नहीं कि अगर स्त्री ने पुरुष की रक्षा न की होती, तो आज दुनिया वीरान हो गई होती। उसका सारा जीवन तप और साधना का जीवन है।

तब उसने उससे अपने मंसूबे कह सुनाए। वह उन महात्माओं से अपनी मौरूसी जायदाद वापस लेना चाहता है, अगर पुष्पा अपने पिता से जिक्र करे और दस हजार रुपये भी दिला दे तो संतकुमार को दो लाख की जायदाद मिल सकती है। सिर्फ दस हजार। बगैर इतने रुपये उसके हाथ से दो लाख की जायदाद निकली जाती है। पुष्पा ने कहा-मगर वह जायदाद तो बिक चुकी है।

संतकुमार ने सिर हिलाया-बिक नहीं चुकी है, लुट चुकी है। जो जमीन लाख-दो लाख में भी सस्ती है, वह दस हजार में कूड़ा हो गई। कोई भी समझदार आदमी ऐसा गच्चा नहीं खा सकता और अगर खा जाए तो वह अपने होश हवास में नहीं है। दादा गृहस्थी में कुशल नहीं रहे। वह तो कल्पनाओं की दुनिया में रहते थे। बदमाशों ने उन्हें चकमा दे दिया और जायदाद निकलवा दी। मेरा धर्म है कि मैं वह जायदाद वापस लूं, और तुम चाहो तो सब कुछ हो सकता है। डाक्टर साहब के लिए दस हजार रुपये का इंतजाम कर देना कोई कठिन बात नहीं है।

पुष्पा एक मिनट तक विचार में डूबी रही। फिर संदेहभाव से बोली-'मुझे तो आशा नहीं कि दादा के पास इतने रुपये फालतू हों।'

'जरा कहो तो।'

'कहूं कैसे-क्या मैं उनका हाल जानती नहीं? उनकी डाक्टरी अच्छी चलती है, पर उनके खर्च भी तो हैं। बीरू के लिए हर महीने पांच सौ रुपए इंग्लैंड भेजने पड़ते हैं। तिलोत्तमा की पढ़ाई का खर्च भी कुछ कम नहीं। संचय करने की उनकी आदत नहीं है। मैं उन्हें संकट में नहीं डालना चाहती।'

'मैं उधार मांगता हूं। खैरात नहीं।'

'जहां इतना घनिष्ठ संबंध है। वहां उधार के माने खैरात के सिवा और कुछ नहीं। तुम रुपये न दे सके तो वह तुम्हारा क्या बना लेंगे? अदालत जा नहीं सकते, पंचायत कर नहीं सकते, लोग ताने देंगे।'

संतकुमार ने तीखेपन, से कहा-'तुमने यह कैसे समझ लिया कि मैं रुपये न दे सकूंगा? दुनिया हंसेगी।'

पुष्पा मुंह फेर कर बोली-'तुम्हारी जीत होना निश्चित नहीं है। और जीत भी हो जाए और तुम्हारे हाथ में रुपये भी आ जायें तो यहां कितने जमींदार ऐसे हैं, जो अपने कर्ज चुका सकते हों। रोज ही तो रियासतें कोर्ट आफ लार्ड में आया करती हैं। यह भी मान लें कि तुम किफायत से रहोगे और धन जमाकर लोगे लेकिन आदमी का स्वभाव है कि वह जिस रुपये को हजम कर सकता है, उसे हजम कर जाता है। धर्म और नीति को भूल जाना उसकी एक आम कमजोरी है।'

संत ने पुष्पा को कड़ी आंखों से देखा। पुष्पा के कहने में जो सत्य था, वह तीर की तरह निशाने पर जा बैठा। उसके मन में जो चोर छिपा बैठा था उसे पुष्पा ने पकड़ कर सामने खड़ा कर दिया था। तिलमिला कर बोला-आदमी को तुम इतनी नीच समझती हो, तुम्हारी इस मनोवृत्ति पर मुझे अचरज भी है और दुख भी। इस गए गुजरे जमाने में भी समाज पर धर्म और नीति का ही शासन है। जिस दिन संसार से धर्म और नीति का नाश हो जाएगा, उसी दिन समाज का अंत हो जाएगा।

उसने धर्म और नीति की व्यापकता पर एक लम्बा दार्शनिक व्याख्यान दे डाला। कभी किसी घर में कोई चोरी हो जाती है तो कितनी हलचल मच जाती है। क्यों? इसीलिए कि चोरी एक गैर मामूली बात है। अगर समाज चोरों का होता तो किसी का साह होना उतनी ही हलचल पैदा करता। रोगों की आज बहुत बढ़नी सुनने में आती है, लेकिन गौर से देखो तो सौ में एक आदमी से ज्यादा बीमार न होगा। अगर बीमारी आम बात होती तो तंदुरुस्तों की नुमाइश होती, आदि। पुष्पा विरक्त सी सुनती रही। उसके पास जवाब तो थे पर वह इस बहस को तूल नहीं देना चाहती थी। उसने तय कर लिया था कि वह अपने पिता से रुपये के लिए न कहेगी और किसी तर्क या प्रमाण का उस पर कोई असर न हो सकता था।

संतकुमार ने भाषण समाप्त करके जब उससे कोई जवाब न पाया तो एक क्षण के बाद बोला- 'क्या सोच रही हो? मैं तुमसे सच कहता हूं, मैं बहुत रुपये दे दूंगा।'

पुष्पा ने निश्चय भाव से कहा-'तुम्हें कहना हो जाकर खुद कहो, मैं तो नहीं लिख सकती।'

संतकुमार ने होंठ चबाकर कहा-जरा सी बात तुमसे नहीं लिखी जाती, उस पर दावा यह है कि घर पर मेरा भी अधिकार है।

पुष्पा ने जोश के साथ कहा-'मेरा अधिकार तो उसी क्षण हो गया जब मेरी गांठ तुमसे बंधी।'

संतकुमार ने गर्व के साथ कहा-ऐसा अधिकार जितनी आसानी से मिल जाता है, उतनी आसानी से छिन भी जाता है।

पुष्पा को जैसे किसी ने धक्का देकर उस विचारधारा में डाल दिया जिसमें पांव रखते उसे डर लगता था। उसने यहां आने के एक दो महीने के बाद ही संतकुमार का स्वभाव पहचान लिया था। उसके साथ निबाह करने के लिए उसे उनके इशारों की लौंडी बनकर रहना पड़ेगा। उसे अपने व्यक्तित्व को उनके अस्तित्व में मिला देना पड़ेगा। वह वही सोचेगी जो वह सोचेंगे, वही करेगी जो वह करेंगे। अपनी आत्मा के विकास के लिए यहां कोई अवसर न था। उनके लिए लोक या परलोक में जो कुछ था, वह सम्पत्ति थी। यहीं से उनके जीवन को प्रेरणा मिलती थी। सम्पत्ति के मुकाबले में स्त्री या पुत्र की भी उनकी निगाह में कोई हकीकत न थी। एक चीनी की प्लेट पुष्पा के हाथ से टूट जाने पर उन्होंने उसके कान ऐंठ लिए थे। फर्श पर स्याही गिरा देने की सजा उन्होंने पंकजा से सारा फर्श धुलवा कर दी थी। पुष्पा उनके रखे रुपयों को कभी हाथ तक न लगाती थी। यह ठीक है कि वह धन को महज जमा करने की चीज न समझते थे। धन, भोग करने की वस्तु है, उनका यह सिद्धांत था। फिजूलखर्ची या लापरवाही बर्दाश्त न करते थे। उन्हें अपने सिवा किसी पर विश्वास न था। पुष्पा ने कठोर आत्मसमर्पण के साथ इस जीवन के लिए अपने को तैयार कर लिया था। पर बार-बार यह याद दिलाया जाना कि यहां उसका कोई अधिकार नहीं है, यहां वह केवल एक लौंडी की तरह है, उसे असह्य था। अभी उस दिन इसी तरह की एक बात सुनकर उसने कई दिन खाना-पीना छोड़ दिया था। और आज तक उसने किसी तरह मन को समझा कर शांत किया था कि यह इससे आघात हुआ। इसने उसके रहे-सहे धैर्य का भी गला घोंट दिया।

संतकुमार तो उसे यह चुनौती देकर चले गए। वह वहीं बैठी सोचने लगी, अब उसको क्या करना चाहिए। इस दशा में तो वह अब नहीं रह सकती। वह जानती थी कि पिता के घर में भी उसके लिए शांति नहीं है। डाक्टर साहब भी संतकुमार को आदर्श युवक समझते थे और उन्हें इस बात का विश्वास दिलाना कठिन था कि संतकुमार की ओर से कोई बेजा हरकत हुई है। पुष्पा का विवाह करके उन्होंने जीवन की एक समस्या हल कर ली थी। उस पर फिर विचार करना उनके लिए अबूझ था। उनकी जिंदगी की सबसे बड़ी अभिलाषा थी कि अब कहीं निश्चिंत होकर दुनिया की सैर करें। यह समय अब निकट आता जाता था। ज्यों ही लड़का इंग्लैंड से लौटा और छोटी लड़की की शादी हुई कि वह दुनिया के बंधन से मुक्त हो जाएंगे। पुष्पा फिर उनके सिर पर पड़कर उनके जीवन के सबसे बड़े अरमान में बाधा न डालना चाहती थी। फिर उसके लिए दूसरा कौन स्थान है? कोई नहीं। तो क्या इस घर में रहकर जीवन पर्यंत अपमान सहते रहना पड़ेगा।

साधुकुमार आकर बैठ गया। पुष्पा ने चौंक कर पूछा - तुम बम्बई कब जा रहे हो?

साधु ने हिचकिचाते कहा जाना तो था कल लेकिन मेरी जाने की इच्छा नहीं होती। आने-जाने में सैकड़ों रुपये का खर्च है। घर में रुपए नहीं है मैं किसी को सताना नहीं चाहता। बम्बई जाने की ऐसी जरूरत ही क्या है। जिस मुल्क में दस में नौ आदमी रोटियों को तरसते हों! वहां दस-बीस आदमियों का क्रिकेट के व्यसन में पड़े रहना मूर्खता है। मैं तो नहीं जाना चाहता।

पुष्पा ने उत्तेजित किया - तुम्हारे भाई साहब तो रुपए दे रहे हैं ?

साधु ने मुस्कराकर कहा - भाई साहब रुपए नहीं दे रहे हैं, मुझे दादा का गला दबाने को कह रहे हैं। मैं दादा को कष्ट नहीं देना चाहता। भाई साहब से कहना मत भाभी तुम्हारे हाथ जोड़ता हूं।

पुष्पा उसकी इस नम्र सरलता पर हंस पड़ी। बाईस साल का गर्वीला युवक जिसने सत्याग्रह-संग्राम में पढ़ना छोड़ दिया, दो बार जेल हो आया, जेलर के कटु वचन सुनकर उसकी छाती पर सवार हो गया और इस उद्दंडता की सजा में तीन महीने काल कोठरी में रहा वह अपने भाई से इतना डरता है, मानो वह हौवा हों। बोली - मैं तो कह दूंगी।

'तुम नहीं कह सकतीं। इतनी निर्दय नहीं हो।'

पुष्पा प्रसन्न होकर बोली - कैसे जानते हो ?

'चेहरे से।'

'झूठे हो।'

'तो फिर इतना और कहे देता हूं कि आज भाई साहब ने तुम्हें भी कुछ कहा है।'

पुष्पा झेंपती हुई बोली - बिलकुल गलत। वह भला मुझे क्या कहते ?

'अच्छा मेरे सिर की कसम खाओ।'

'कसम क्यों खा ? तुमने मुझे कभी कसम खाते देखा है ?'

'भैया ने कुछ कहा है जरूर, नहीं तुम्हारा मुंह इतना उतरा हुआ क्यों रहता। भाई साहब से कहने की हिम्मत नहीं पड़ती, वरना समझाता आप क्यों गड़े मुर्दे उखाड़ रहे हैं। जो जायदाद बिक गई उसके लिए अब दादा को कोसना और अदालत करना मुझे तो कुछ नहीं जंचता। गरीब लोग भी तो दुनिया में है ही या सब मालदार ही हैं। मैं तुमसे ईमान से कहता हूं भाभी, मैं जब कभी धनी होने की कल्पना करता हूं तो मुझे शंका होने लगती है कि न जाने मेरा मन क्या हो जाए। इतने गरीबों में धनी होना मुझे तो स्वार्थान्धता सी लगती है। मुझे तो इस दशा में भी अपने ऊपर लज्जा आती है, जब देखता हूं कि मेरे ही जैसे लोग ठोकरें खा रहे हैं। हम तो दोनों वक्त चुपड़ी हुई रोटियां और दूध और सेब-संतरे उड़ाते हैं। मगर सौ में

निन्यानवे आदमी ऐसे भी हैं, जिन्हें इन पदार्थों के दर्शन भी नहीं होते। आखिर हम में क्या सुर्खाब के पर लग गए हैं?'

पुष्पा इन विचारों की न होने पर भी साधु की निष्कपट सच्चाई का आदर करती थी। बोली-तुम इतना पढ़ते तो नहीं ये विचार तुम्हारे दिमाग में कहां से आ जाते हैं?

साधु ने उठकर कहा-शायद उस जन्म में भिखारी था।

पुष्पा ने उसका हाथ पकड़कर बैठाते हुए कहा-मेरी देवरानी बेचारी गहने-कपड़े को तरस जाएगी।

'मैं अपना ब्याह ही न करूंगा।'

'मन में तो मना रहे होंगे कहीं से संदेसा आए।'

'नहीं भाभी, तुमसे झूठ नहीं कहता। शादी का तो मुझे ख्याल भी नहीं आता। जिंदगी इसी के लिए है कि किसी के काम आए। वहां सेवकों की इतनी जरूरत है, वहां कुछ लोगों को तो क्वांरा रहना चाहिए। कभी शादी करूंगा तो ऐसी लड़की से जो मेरे साथ गरीबी की जिंदगी बसर करने पर राजी हो और जो मेरे जीवन की सच्ची सहगामिनी बने।'

पुष्पा ने इस प्रतिज्ञा को भी हंसी में उड़ा दिया-पहले सभी युवक इसी तरह की कल्पना किया करते हैं। लेकिन-शादी में देर हुई तो उपद्रव मचाना शुरू कर देते हैं।

साधुकुमार ने जोश के साथ कहा-मैं उन युवकों में नहीं हूं भाभी।

पुष्पा ने फिर कटाक्ष किया-तुम्हारे मन में तो बीबी (पंकजा) बसी हुई है।' तुमसे कोई बात कहो तो तुम बताने लगती हो, इसी से मैं तुम्हारे पास नहीं आता।'

'अच्छा सच कहना पंकजा जैसी बीवी पाओ तो विवाह करोगे या नहीं?' साधुकुमार उठकर चला गया। पुष्पा रोकती रही पर वह हाथ छुड़ाकर भाग गया। इस आदर्शवादी सरल प्रकृति, सुशील, सौम्य युवक से मिलकर पुष्पा का मुरझाया हुआ मन खिल उठता था। वह भीतर से जितनी भारी थी, बाहर से उतनी ही हल्की थी। संतकुमार से तो उसे अपने अधिकारों की प्रतिक्षण रक्षा करनी पड़ती थी, चौकन्ना रहना पड़ता था कि न जाने कब उसका वार हो जाए। शैव्या सदैव उस पर शासन करना चाहती थी, और एक क्षण भी न भूलती थी कि वह घर की स्वामिनी है और हरेक आदमी को उसका यह अधिकार स्वीकार करना चाहिए। देवकुमार ने सारा भार संतकुमार पर डाल कर वास्तव में शैव्या की गद्दी छीन ली थी। वह यह भूल जाती थी कि देवकुमार के स्वामी रहने पर ही वह घर की स्वामिनी रही। अब वह माने की देवी थी जो केवल अपने आशीर्वादों के बल पर ही पूज सकती है। मन का यह संदेह मिटाने के लिए वह सदैव अपने अधिकारों की परीक्षा लेती रहती थी। वह चोर किसी बीमारी की तरह उसके अंदर जड़ पकड़ चुका था और असली

भोजन को न पचा सकने के कारण उसकी प्रकृति चटोरी होती जाती थी। पुष्पा उनसे बोलते डरती थी, उनके पास जाने का साहस न होता था। रही पंकजा, उसे काम करने का रोग था। उसका काम ही उसका विनोद, मनोरंजन सब कुछ था। शिकायत करना उसने सीखा ही न था। बिलकुल देवकुमार का-सा स्वभाव पाया था। कोई चार बात कह दे सिर झुकाकर सुन लेगी। मन में किसी तरह का द्वेष या मलाल न आने देगी। सबेरे से दस-ग्यारह बजे रात तक उसे दम मारने की मोहलत न थी। अगर किसी के कुरते के बटन टूट जाते हैं तो पंकजा टांकेगी। किस के कपड़े कहां रखे हैं, यह रहस्य पंकजा के सिवा और कोई न जानता था। और इतना काम करने पर भी वह पढ़ने और बेल-बूटे बनाने का समय भी न जाने कैसे निकाल लेती थी। घर में जितने तकिए थे सबों पर पंकज. की कला प्रियता के चिह्न अंकित थे। मेजों के मेजपोश कुरसियों के गद्दे, संदूकों के गिलाफ सब उसकी कलाकृतियों से रंजित थे। रेशम और मखमल के तरह-तरह के पक्षियों और फूलों के चित्र बनाकर उसने फ्रेम बना लिए थे जो दीवानखाने की शोभा बढ़ा रहे थे और उसे गाने-बजाने का शौक भी था। सितार बजा लेती थी और हारमोनियम तो उसके लिए खेल था। हां, किसी के सामने गाते-बजाते शरमाती थी। इसके साथ वह स्कूल भी जाती थी और उसका शुमार अच्छी लड़कियों में था! 1 रु. महीना उसे वजीफा मिलता था। उसके पास इतनी फुर्सत न थी कि पुष्पा के पास घड़ी-दो घड़ी के लिए आ बैठे और हंसी मजाक करे। उसे हंसी मजाक आता भी न था। न मजाक समझती थी, न उसका जवाब देती थी। पुष्पा को अपने जीवन का भार हल्का करने के लिए साधु ही मिल जाता। पति ने तो उल्टे उस पर और अपना बोझ ही लाद दिया था।

साधु चला गया तो पुष्पा फिर उसी ख्याल में डूबी-कैसे अपने बोझ उठाए। इसीलिए तो पतिदेव उस पर यह रोब जमाते हैं। जानते हैं कि इसे चाहे जितना सताओ, कहीं जा नहीं सकती, कुछ बोल नहीं सकती। हां, उनका ख्याल ठीक है। उसे विशाल वस्तुओं से रुचि है। वह अच्छा खाना चाहती है, आराम से रहना चाहती है। एक बार वह विलास का मोह त्याग दे और त्याग करना सीख ले फिर उस पर कौन रोब जमा सकेगा फिर वह क्यों किसी से दबेगी।

शाम हो गई थी। पुष्पा खिड़की के सामने खड़ी बाहर की ओर देख रही थी। उसने देखा बीस-पच्चीस लड़कियों और स्त्रियों का एक दल एक स्वर से एक गीत गाता चला जा रहा था। किसी की देह पर साबित कपड़े तक न थे। सिर और मुंह पर गर्द जमी हुई थी। बाल रूखे हो रहे थे, जिनमें शायद महीनों से तेल न पड़ा हो। मजूरनी थीं जो दिन भर ईंट और गारा ढोकर घर लौट रही थीं। सारे दिन उन्हें धूप में तपना पड़ा होगा, मालिक की घुड़कियां

और गालियां खानी पड़ी होंगी। शायद दोपहर को एक-एक मुट्ठी चबेना खाकर रह गई हों। फिर भी कितनी प्रसन्न थीं; कितनी स्वतंत्र। इनकी इस प्रसन्नता का क्या रहस्य है ?

3

मि. सिन्हा उन आदमियों में हैं जिनका आदर इसलिए होता है कि लोग उनसे डरते हैं। उन्हें देख कर सभी आदमी 'आइए, आइए' करते हैं, लेकिन उनके पीठ फेरते ही कहते हैं- बड़ा ही मूजी आदमी है, इसके काटे का मंत्र नहीं। उनका पेशा है मुकदमे बनाना। जैसे कवि एक कल्पना पर पूरा काव्य लिख डालता है, उसी तरह सिन्हा साहब भी कल्पना पर मुकदमों की सृष्टि कर डालते हैं। न जाने यह कवि क्यों नहीं हुए? मगर कवि होकर वह साहित्य की चाहे जितनी वृद्धि कर सकते अपना - कुछ उपकार न कर सकते। कानून की उपासना करके उन्हें सभी सिद्धियां मिल गयी थीं। शानदार बंगले में रहते थे बड़े-बड़े रईसों और हुक्काम से दोस्ताना था, प्रतिष्ठा भी थी, रोब भी था, कलम में ऐसा जादू था कि मुकदमे में जान डाल देते। ऐसे-ऐसे प्रसंग सोच निकालते, ऐसे-ऐसे चरित्रों की रचना करते कि कल्पना सजीव हो जाती थी। बड़े बड़े घाघ जन भी उसकी तह तक न पहुंच सकते। सब कुछ इतना स्वाभाविक, इतना संबद्ध होता था कि उस पर मिथ्या का भ्रम तक न हो सकता था। वह संतकुमार के साथ के पढ़े हुए थे। दोनों में गहरी दोस्ती थी। संतकुमार के मन में एक भावना उठी और सिन्हा ने उसमें रंगरूप भर कर जीता जागता पुतला खड़ा कर दिया और आज मुकदमा दायर करने का निश्चय किया जा रहा है।

नौ बजे होंगे। वकील और मुवक्किल कचहरी जाने की तैयारी कर रहे हैं। सिन्हा अपने सजे कमरे में मेज पर टांग फैलाए लेटे हुए हैं। गोरे-चिट्टे आदमी, ऊंचा कद, एकहरा बदन, बड़े-बड़े बाल पीछे को कंघी ऐचे हुए, मूंछें साफ, आंखों पर ऐनक, ओठों पर सिगार, चेहरे पर प्रतिभा का प्रकाश, आंखों में अभिमान ऐसा जान पड़ता है कोई बड़ा रईस है। संतकुमार नीची अचकन पहने फेल-कैप लगाए कुछ चिंतित से बैठे हैं।

सिन्हा ने आश्वासन दिया-तुम नाहक डरते हो। मैं कहता हूं हमारी फतेह है। ऐसी सैकड़ों नजीरें मौजूद हैं, जिसमें बेटों, पोतों ने बैनामे मंसूख कराए हैं। पक्की शहादत चाहिए और उसे जमा करना बाएं हाथ का खेल है।

संतकुमार ने दुविधा में पड़ कर कहा-लेकिन फादर को भी तो राजी करना होगा। उनकी इच्छा के बिना तो कुछ न हो सकेगा।

'उन्हें सीधा करना तुम्हारा काम है।'

'लेकिन उनका सीधा होना मुश्किल है।'

'तो उन्हें भी गोली मारो। हम साबित करेंगे कि उनके दिमाग में खलल है।'

'यह साबित करना आसान नहीं है। जिसने बड़ी-बड़ी किताबें लिख डालीं; जो सभ्य समाज का नेता समझा जाता है; जिसकी अक्लमंदी को सारा शहर मानता है, उसे दीवाना कैसे साबित करोगे ?'

सिन्हा ने विश्वासपूर्ण भाव से कहा-यह सब मैं देख लूंगा। किताब लिखना और बात है, होश-हवास का ठीक रहना और बात। मैं तो कहता हूं जितने लेखक हैं सभी सनकी हैं-पूरे पागल जो महज वाह-वाह के लिए यह पेशा मोल लेते हैं। अगर यह लोग अपने होश में हों तो किताबें न लिख कर दलाली करें या खोंचे लगाएं। यहां कुछ तो मेहनत का मुआवजा मिलेगा। पुस्तकें लिखकर तो बदहजमी, उन्निद, तपेदिक ही साथ लगता है! रुपये का जुगाड़ तुम करते जाओ बाकी सारा काम मुझ पर छोड़ दो। और हां, आज शाम को क्लब में जरूर आना। अभी से कैम्पेन (मुहासरा) शुरू कर देना चाहिए। तिब्बी पर डोरे डालना शुरू करो। यह समझ लो वह सब-जज साहब की अकेली लड़की है और उस पर अपना रंग जमा दो तो तुम्हारी गोटी लाल है। सब-जज साहब तिब्बी की बात कभी नहीं टाल सकते। मैं यह मरहला करने में तुमसे ज्यादा कुशल हूं। मगर मैं एक खून के मुआमले में पैरवी कर रहा हूं और सिविल सर्जन मिस्टर कामत की वह पीले मुंह वाली छोकरी आजकल मेरी प्रेमिका है। सिविल सर्जन मेरी इतनी आवभगत करते हैं कि कुछ न पूछो। उस चुड़ैल से शादी करने पर आज तक कोई राजी न हुआ। इतने मोटे ओंठ हैं और सीना तो जैसे झुका हुआ सायबान हो। फिर भी आपको दावा है कि मुझसे ज्यादा रूपवती संसार में न होगी। औरतों को अपने रूप का घमंड कैसे हो जाता है, यह मैं आज तक न समझ सका। जो रूपवान हैं वह घमंड करें तो वाजिब है, लेकिन जिसकी सूरत देख कर कै आए वह कैसे अपने को अप्सरा समझ लेती है। उसके पीछे-पीछे घूमते और आशिकी करते जी तो जलता है, मगर गहरी रकम हाथ लगने वाली है, कुछ तपस्या तो करनी ही पड़ेगी। तिब्बी तो सचमुच अप्सरा है और चंचल भी। जरा मुश्किल से काबू में आएगी। अपनी सारी कला खर्च करनी पड़ेगी।

'यह कला मैं खूब सीख चुका हूं।'

'तो आज शाम को आना क्लब में।'

'जरूर आऊंगा।'

'रुपये का प्रबंध भी करना।'

'वह तो करना ही पड़ेगा।'

इस तरह संतकुमार और सिन्हा दोनों ने मुहासिरा डालना शुरू किया। संतकुमार न लम्पट था, न रसिक; मगर अभिनय करना जानता था। रूपवान भी था, जबान का मीठा भी, दोहरा

शरीर हंसमुख और जमीन चेहरा गोरा चिट्टा। जब सूट पहन कर छड़ी घुमाता हुआ निकलता तो आंखों में खूब जाता था। टेनिस ब्रिज आदि फैशनेबल खेलों में निपुण था वही तिब्बी से राह-रस्म पैदा करने में उसे देर न लगी। तिब्बी यूनिवर्सिटी के पहले साल में थी, बहुत ही तेज, बहुत ही मगरूर, बड़ी हाजिर जवाब। उसे स्वाध्याय का शौक न था, बहुत थोड़ा पढ़ती थी मगर संसार की गति से वाकिफ थी और अपनी ऊपरी जानकारी को विद्वत्ता का रूप देना जानती थी। कोई विषय उठाइए, चाहे वह घोर विज्ञान ही क्यों न हो, उस पर भी वह कुछ न कुछ आलोचना कर सकती थी। कोई मौलिक बात कहने का उसे शौक था और प्रांजल भाषा में। मिजाज में नफासत इतनी थी कि सलीके या तमीज की जरा भी कमी उसे असह्य थी। उसके यहां कोई नौकर या नौकरानी न ठहरने पाती थी। दूसरों पर कड़ी आलोचना करने में उसे आनन्द आता था और उसकी निगाह इतनी तेज थी कि किसी स्त्री या पुरुष में जरा भी कुरुचि या भोंडापन देख कर वह भौंहों से या होठों से अपना मनोभाव प्रकट कर देती थी। महिलाओं के समाज में उसकी निगाह उनके वस्त्राभूषण पर रहती थी और पुरुष समाज में उसकी मनोवृत्ति की ओर। उसे अपने अद्वितीय रूप-लावण्य का ज्ञान था और वह अच्छे-से पहनावे से उसे और भी चमकाती थी। जेवरों से उसे विशेष रुचि न थी यद्यपि अपने सिंगारदान में उन्हें चमकते देख कर उसे हर्ष होता था। दिन में कितनी ही बार वह नये-नये रूप धरती थी। कभी बैतालियों का भेष धारण कर लेती भी; कभी गुजरियों का कभी स्कर्ट और मोजे पहन लेती थी। मगर उसके मन में पुरुषों को आकर्षित करने का जरा भी भाव न था। वह स्वयं अपने रूप में मग्न थी।

मगर इसके साथ ही वह सरल न थी और युवकों के मुख से अनुराग भरी बातें सुन कर वह वैसी ही ठंडी रहती थी। इस व्यापार में साधारण रूप-प्रशंसा के सिवा उसके लिए और कोई महत्व न था। और युवक किसी तरह प्रोत्साहन न पा कर निराश हो जाते थे। मगर संतकुमार की रसिकता में उसे अंतर्ज्ञान से कुछ रहस्य, कुछ कुशलता का आभास मिला। अन्य युवकों में उसने जो असंयम, जो उग्रता, जो विह्वलता देखी थी उसका यहां नाम भी न था। संतकुमार के प्रत्येक व्यवहार में संयम था, विधान था सचेतता थी। इसलिए वह उनसे सतर्क रहती थी और उनके मनोरहस्यों को पढ़ने की चेष्टा करती थी। संतकुमार का संयम और विचारशीलता ही उसे अपनी जटिलता के कारण अपनी ओर खींचती थी। संतकुमार ने उसके सामने अपने को अनमेल विवाह के एक शिकार के रूप में पेश किया था और उसे उनसे कुछ हमदर्दी हो गयी थी। पुष्पा के रंग-रूप की उन्होंने इतनी प्रशंसा की थी जितनी उनको अपने मतलब के लिए जरूरी मालूम हुई, मगर जिसका तिब्बी से कोई मुकाबला न था। उसने केवल पुष्पा के फूहड़पन, बेवकूफी, असहृदयता और निष्ठुरता की शिकायत की

थी, और तिब्बी पर इतना प्रभाव जमा लिया था कि वह पुष्पा को देख पाती तो संतकुमार का पक्ष ले कर उससे लड़ती।

एक दिन उसने संतकुमार से कहा-तुम उसे छोड़ क्यों नहीं देते?

संतकुमार ने हसरत के साथ कहा-छोड़ कैसे दूं मिस त्रिवेणी, समाज में रह कर समाज के कानून तो मानने ही पड़ेंगे। फिर पुष्पा का इसमें क्या कसूर है। उसने तो अपने आपको नहीं बनाया। ईश्वर ने या संस्कारों ने या परिस्थितियों ने बनाया वैसी बन गयी।

'मुझे ऐसे आदमियों से जरा भी सहानुभूति नहीं जो ढोल को इसलिए पीटें कि वह गले पड़ गई हैं। मैं चाहती हूं वह ढोल को गले से निकाल कर किसी खंदक में फेंक दें। मेरा बस चले तो मैं खुद उसे निकाल कर फेंक दूं।'

संतकुमार ने अपना जादू चलते हुए देख कर मन में प्रसन्न होकर कहा-लेकिन उसकी क्या हालत होगी, यह तो सोचो।

तिब्बी अधीर होकर बोली-तुम्हें यह सोचने की जरूरत ही क्या है? अपने घर चली जायेगी या कोई काम करने लगेगी या अपने स्वभाव के किसी आदमी से विवाह कर लेगी।

संतकुमार ने कहकहा मारा-तिब्बी यथार्थ और कल्पना में भेद भी नहीं समझती कितनी भोली है।

गंभीर उदारता के भाव से बोले-यह बड़ा टेढ़ा सवाल है कुमारी जी! समाज की नीति कहती है कि चाहे पुष्पा को देख कर रोज मेरा खून ही क्यों न जलता रहे और एक दिन मैं इसी शोक में अपना गला क्यों न काट लूं लेकिन उससे कुछ नहीं हो सकता, छोड़ना तो असंभव है। केवल एक ही ऐसा आक्षेप है जिस पर मैं उसे छोड़ सकता हूं, यानी उसकी बेवफाई। लेकिन पुष्पा में और चाहे जितने दोष हों, यह दोष नहीं है।

संध्या हो गयी थी। तिब्बी ने नौकर को बुला कर बाग में गोल चबूतरे पर कुर्सियां रखने को कहा और बाहर निकल आयी। नौकर ने कुर्सियां निकाल कर रख दीं और मानो यह काम समाप्त करके जाने को हुआ।

तिब्बी ने डांट कर कहा-कुर्सियां साफ क्यों नहीं कीं? देखता नहीं उन पर कितनी गर्द पड़ी हुई है? मैं तुझसे कितनी बार कह चुकी, तुझे याद ही नहीं रहती। बिना जुर्माना किये तुझे याद न आयेगी।

नौकर ने कुर्सियां पोंछ-पांछ कर साफ कर दीं और फिर जाने को हुआ। तिब्बी ने फिर डांटा-तू बार-बार भागता क्यों है? मेजें रख दीं? टी टेबल क्यों नहीं लाया? चाय क्या तेरे सिर पर पियेंगे?

उसने बूढ़े नौकर के दोनों कान गर्मा दिये और धक्का देकर बोली-बिलकुल गावदी है, निरा पोंगा जैसे दिमाग में गोबर भरा हुआ है।

वह नौकर बहुत दिनों का था। स्वामिनी उसे बहुत मानती थी। उनका देहांत होने के बाद गोकि उसे कोई विशेष प्रलोभन न था क्योंकि इससे एक-दो रुपया ज्यादा वेतन पर उसे नौकरी मिल सकती थी पर स्वामिनी के प्रति उसे जो श्रद्धा थी, वह उसे इस घर से बांधे हुए थी और यहां अनादर, अपमान सब कुछ सह कर भी वह चिपटा हुआ था। सब-जज साहब उसे डांटते रहते थे पर उनके डांटने का उसे दुख न होता था। वह उस में उसके जोड़ के थे। लेकिन- त्रिवेणी को तो उसने गोद खेलाया था। अब वही तिब्बी उसे डांटती थी, और मारती भी थी। इससे उसके शरीर को जितनी चोट लगती थी उससे कहीं ज्यादा उसके आत्माभिमान को लगती थी। उसने केवल दो घरों में नौकरी की थी। दोनों ही घरों में लड़कियां भी थीं, बहुएं भी थीं। सब उनका आदर करती थीं। बहुएं तो उससे लजाती थीं। अगर उससे कोई बात बिगड़ भी जाती तो मनु में रख लेती थीं। उसकी स्वामिनी तो आदर्श महिला थी। उसे कभी कुछ न कहा। बाबू जी कभी कुछ कहते थे तो उसका पक्ष लेकर उनसे लड़ती थी। और यह लड़की बड़े-छोटे का जरा लिहाज नहीं करती। लोग कहते हैं, पढ़ने से अक्ल आती है। यही है वह अक्ल! उसके मन में विद्रोह का भाव उठा-क्यों यह अपमान सहे? जो लड़की उसकी अपनी लड़की से भी छोटी हो; उसके हाथों क्यों अपनी मूंछें नुचवाए? अवस्था में भी अभिमान होता है जो संचित धन के अभिमान से कम नहीं होता। वह सम्मान और प्रतिष्ठा को अपना अधिकार समझता है और उसकी जगह अपमान पाकर मर्माहत हो जाता है।

घूरे ने टी-टेबल ला कर रख दी पर आंखों में विद्रोह भरे हुए था।

तिब्बी ने कहा-जा कर बैरा से कह दो दो प्याले दे जाए।

घूरे चला गया और बैरा को वह हुक्म सुना कर अपनी एकांत कुटीर में जा कर खूब रोया। आज स्वामिनी होती तो उसका अनादर क्यों होता!

बैरा ने चाय मेज पर रख दी। तिब्बी ने प्याली संतकुमार को दी और विनोद भाव से बोली-तो अब मालूम हुआ कि औरतें ही पतिव्रता नहीं होतीं मर्द भी पत्नीव्रत वाले होते हैं।

संतकुमार ने एक घूंट पी कर कहा-कम से कम इसका स्वांग तो करते ही हैं।

'मैं इसे नैतिक दुर्बलता कहती हूं। जिसे प्यारा कहो दिल से प्यारा कहो, नहीं प्रकट हो जाय। मैं विवाह को प्रेमबंधन के रूप में देख सकती हूं, धर्मबंधन या रिवाजबंधन तो मेरे लिए असह्य हो जाए।'

'उस पर भी तो पुरुषों पर आक्षेप किए जाते हैं।'

तिब्बी चौंकी। यह जातिगत प्रश्न हुआ जा रहा है।

अब उसे अपनी जाति का पक्ष लेना पड़ेगा-तो क्या आप मुझसे यह मनवाना चाहते हैं कि सभी पुरुष देवता होते हैं? आप भी जो वफादारी कर रहे हैं, वह दिल से नहीं केवल लोकनिंदा के भय से। मैं इसे वफादारी नहीं कहती। बिच्छू के डंक तोड़ कर आप उसे बिलकुल निरीह बना सकते हैं लेकिन इससे बिच्छुओं का जहरीलापन तो नहीं जाता।

संतकुमार ने अपनी हार मानते हुए कहा- अगर मैं भी यही कहूं कि अधिकतर नारियों का पतिव्रता होना भी लोकनिंदा का भय है, तो आप क्या कहेंगी?

तिब्बी ने प्याला मेज पर रखते हुए कहा-मैं इसे कभी न स्वीकार करूंगी।

'क्यों?'

'इसलिए कि मर्दों ने स्त्रियों के लिए और कोई आश्रय छोड़ा ही नहीं। पतिव्रत उनके अन्दर इतना कूट-कूट कर भरा गया है कि अब अपना व्यक्तित्व रहा ही नहीं। वह केवल पुरुष के आधार पर जी सकती हैं। उसका स्वतंत्र कोई अस्तित्व ही नहीं। बिन ब्याहा पुरुष चैन से खाता है, विहार करता है और मूंछों पर ताव देता है। बिन ब्याही स्त्री रोती है, कलपती है और अपने को संसार का सबसे अभागा प्राणी समझती है। यह सारा मर्दों का अपराध है। आप भी पुष्पा को नहीं छोड़ रहे हैं, इसीलिए न कि आप पुरुष हैं, जो कैदी को आजाद नहीं करना चाहता।'

संतकुमार ने कातर स्वर में कहा-आप मेरे साथ बेइंसाफी करती हैं। मैं पुष्पा को इसलिए नहीं छोड़ रहा हूं कि मैं उसका जीवन नष्ट नहीं करना चाहता, अगर मैं आज उसे छोड़ दूं तो शायद औरों के साथ आप भी मेरा तिरस्कार करेंगी।

तिब्बी मुस्कुराई-मेरी तरफ से आप निश्चिंत रहिए। मगर एक ही क्षण के बाद उसने गंभीर होकर कहा-लेकिन मैं आपकी कठिनाइयों का अनुमान कर सकती हूं। मुझे आपके मुंह से ये शब्द सुन कर कितना संतोष हुआ। मैं वास्तव में आपकी दया का पात्र हूं और शायद कभी मुझे इसकी जरूरत पड़े।'

'आपके ऊपर मुझे सचमुच दया आती है। क्यों न स्व दिन उनसे किसी तरह मेरी मुलाकात कर। दीजिए। शायद मैं उन्हें रास्ते पर ला सकूं।'

संतकुमार ने ऐसा लंबा मुंह बनाया जैसे इस प्रस्ताव से उसके मर्म पर चोट लगी है।

'उनका रास्ते पर आना असंभव है मिस त्रिवेणी। वह उलटे आप ही के ऊपर आक्षेप करेगी और आपके विषय में न जाने कैसी दुष्कल्पनाएं कर बैठेगी। और मेरा तो घर में रहना मुश्किल हो जाएगा।'

तिव्वी का साहसिक मन गर्म हो उठा-तब तो मैं उससे जरूर मिलूंगी।

'तो शायद आप यहां भी मेरे लिए दरवाजा बन्द कर देंगी।'

'ऐसा क्यों?'

'बहुत मुमकिन है वह आपकी सहानुभूति पा जाए और आप उसकी हिमायत करने लगें।'

'तो क्या आप चाहते हैं, मैं आपको एकतरफा डिग्री दे दूं?'

'मैं केवल आपकी दया और हमदर्दी चाहता हूं। आपसे अपनी मनोव्यथा कह कर दिल का बोझ हल्का करना चाहता हूं। उसे मालूम हो जाए कि मैं आपके यहां आता-जाता हूं, तो एक नया किस्सा खड़ा कर दे।'

तिब्बी ने सीधे व्यंग किया-तो आप उससे इतना डरते क्यों हैं? डरना तो मुझे चाहिए।

संतकुमार ने और गहरे में जाकर कहा-मैं आपके लिए डरता हूं, अपने लिए नहीं।

तिव्वी निर्भयता से बोली-जी नहीं आप मेरे लिए न डरिए।

'मेरे जीते जी मेरे पीछे आप पर कोई शुबहा हो यह मैं नहीं देख सकता।'

'आपको मालूम है मुझे भावुकता पसंद नहीं?'

'यह भावुकता नहीं मन के सच्चे भाव हैं।'

'मैंने सच्चे भाव वाले युवक बहुत कम देखे।'

'दुनिया में सभी तरह के लोग होते हैं।'

'अधिकतर शिकारी किस्म के। स्त्रियों में तो वेश्याएं ही शिकारी होती हैं, पुरुषों में तो सिरे से सभी शिकारी होते हैं।'

'जी नहीं, उनमें अपवाद भी बहुत हैं।'

'स्त्री रूप नहीं देखती। पुरुष जब गिरेगा रूप पर। इसलिए उस पर भरोसा नहीं किया जा सकता। मेरे यहां कितने ही रूप के उपासक आते हैं। शायद इस वक्त भी कोई साहब आ रहे हों। मैं रूपवती हूं इसमें नम्रता का कोई प्रश्न नहीं। मगर मैं नहीं चाहती कोई मुझे केवल रूप के लिए चाहे।'

संतकुमार ने धड़कते हुए मन से कहा-आप उनमें मेरा तो शुमार नहीं करतीं?

तिब्बी ने तत्परता के साथ कहा-आपको तो मैं अपने चाहने वालों में समझती ही नहीं।

संतकुमार ने माथा झुकाकर कहा-यह मेरा दुर्भाग्य है!

'आप दिल से नहीं कह रहे हैं, मुझे कुछ ऐसा लगता है कि आपका मन नहीं पाती। आप उन आदमियों में हैं जो हमेशा रहस्य रहते हैं।'

'यही तो मैं आपके विषय में सोचा करता हूं।'

मैं रहस्य नहीं हूं। मैं तो साफ कहती हूं, मैं ऐसे मनुष्य की खोज में हूं जो मेरे हृदय में सोए हुए प्रेम को जगा दे। हां, वह बहुत नीचे गहराई में है और उसी को मिलेगा जो गहरे पानी में डूबना जानता हो। आपमें मैंने कभी उसके लिए बेचैनी नहीं पायी। मैंने अब तक जीवन का रोशन पहलू ही देखा है। और उससे ऊब गई हूं। अब जीवन का अंधेरा पहलू देखना चाहती हूं, जहां त्याग है रुदन है, उत्सर्ग है। संभव है उस जीवन से मुझे बहुत जल्द घृणा हो जाए लेकिन मेरी आत्मा यह नहीं स्वीकार करना चाहती कि वह किसी ऊंचे ओहदे की गुलामी या कानूनी धोखेधड़ी या व्यापार के नाम से की जानी वाली लूट को अपने जीवन का आधार बनाए। श्रम और त्याग का जीवन ही मुझे तथ्य जान पड़ता है। आज जो समाज और देश की दूषित अवस्था है, उससे असहयोग करना मेरे लिए जुनून से कम नहीं है। मैं कभी-कभी अपने ही से घृणा करने लगती हूं। बाबूजी को एक हजार रुपये अपने छोटे से परिवार के लिए लेने का क्या हक है और मुझे बे काम- धंधे इतने आराम से रहने का क्या अधिकार है? मगर यह सब समझ कर भी मुझमें कर्म करने की शक्ति नहीं है। इस भोग-विलास के जीवन ने मुझे भी कर्महीन बना डाला है। और मेरे मिज़ाज में अमीरी कितनी है, यह भी आपने देखा होगा। मेरे मुंह से बात निकलते ही अगर पूरी न हो जाए तो मैं बावली हो जाती हूं। बुद्धि का मन पर कोई नियंत्रण नहीं है। जैसे शराबी बार-बार हराम कहने पर शराब नहीं छोड़ सकता, वही दशा मेरी है। उसी की भांति मेरी इच्छाशक्ति बेजान हो गई है।

तिब्बी के प्रतिभावान मुख-मंडल पर प्रायः चंचलता झलकती रहती थी। उससे दिल की बात कहते संकोच होता था क्योंकि शंका होती थी कि वह सहानुभूति के साथ सुनने के बदले फब्तियां कसने लगेगी। पर इस वक्त ऐसा जान पड़ा उसकी आत्मा बोल रही है। उसकी आंखें आर्द्र हो गई थीं। मुख पर एक निश्चित नम्रता और कोमलता खिल उठी थी। संतकुमार ने देखा उसका संयम फिसलता जा रहा है। जैसे किसी सायल ने बहुत देर के बाद दाता को मनगुर देख पाया हो और अपना मतलब कह सुनाने के लिए अधीर हो गया हो।

बोला-कितनी ही बार। बिलकुल यही मेरे विचार हैं। मैं आपसे उससे बहुत निकट हूं जितना समझता था।

तिब्बी प्रसन्न होकर बोली- आपने मुझे कभी बताया नहीं।

'आप भी तो आज ही खुली हैं।'

'मैं डरती हूं कि लोग यही कहेंगे आप इतनी शान से रहती हैं और बातें ऐसी करती हैं। अगर कोई ऐसी तरकीब होती जिससे मेरी यह अमीराना आदतें छूट जातीं, तो उसे जरूर काम में लाती। इस विषय की आपके पास कुछ पुस्तकें हों तो मुझे दीजिए। मुझे आप अपनी शिष्या बना लीजिए।'

संतकुमार ने रसिक भाव से कहा-मैं तो आपका शिष्य होने जा रहा था। और उसकी ओर मर्म भरी आंखों से देखा।

तिब्बी ने आंखें नीची नहीं कीं। उनका हाथ पकड़कर बोली-आप तो दिल्लगी करते हैं। मुझे ऐसा बना दीजिए कि मैं संकटों का सामना कर सकूं। मुझे बार-बार खटकता है, अगर मैं स्त्री न होती तो मेरा मन इतना दुर्बल न होता।

और जैसे वह आज संतकुमार से कुछ भी छिपाना, कुछ भी बचाना नहीं चाहती। मानो वह जो आश्रय बहुत दिनों से ढूंढ रही थी, वह यकायक मिल गया है।

संतकुमार ने रुखाई भरे स्वर में कहा-स्त्रियां पुरुषों से ज्यादा दिलेर होती हैं मिस त्रिवेणी!

'अच्छा आपका मन नहीं चाहता कि बस हो तो संसार की सारी व्यवस्था बदल डालें?'

इस विशुद्ध मन से निकले हुए प्रश्न का बनावटी जवाब देते हुए संतकुमार का हृदय कांप उठा।

'कुछ न पूछो। बस आदमी एक आह खींचकर रह जाता है।'

'मैं तो अक्सर रातों को यह प्रश्न सोचते-सोचते सो जाती हूं और वही स्वप्न देखती हूं। देखिए दुनिया वाले कितने खुदगर्ज हैं। जिस व्यवस्था से सारे समाज का उद्धार हो सकता है, वह थोड़े से आदमियों के स्वार्थ के कारण दबी पड़ी हुई है।'

संतकुमार ने उतरते हुए मुख से कहा-उसका समय आ रहा है। और उठ खड़े हुए। यहां की वायु में उनका जैसे दम घुटने लगा था। उनका कपटी मन इस निष्कपट, सरल वातावरण में अपनी अधमता के ज्ञान से दबा जा रहा था जैसे किसी धर्मनिष्ठ मन में अधर्म विचार घुस तो गया पर वह कोई आश्रय न पा रहा हो।

तिब्बी ने आग्रह किया-कुछ देर और बैठिए न?

'आज आज्ञा दीजिए फिर कभी आऊंगा।'

'कब आइएगा?'

'जल्दी ही आऊंगा।'

'काश, मैं आपका जीवन सुखी बना सकती।'

संतकुमार बरामदे से कूद कर नीचे उतरे और तेजी से हाते के बाहर चले गए। तिब्बी बरामदे में खड़ी उन्हें अनुरक्त नेत्रों से देखती रही। वह कठोर थी, चंचल थी, दुर्लभ थी, रूपगर्विता थी, चतुर थी किसी को कुछ समझती न थी, न कोई उससे प्रेम का स्वांग भर कर ठग सकता था, पर जैसे कितनी ही वेश्याओं में सारी आसक्तियों के बीच में भक्ति-भावना छिपी रहती है, उसी तरह उसके मन में भी सारे अविश्वास के बीच में एक कोमल, सहमा हुआ विश्वास छिपा बैठा था और उसे स्पर्श करने की कला जिसे आती हो वह उसे बेवकूफ बना सकता था, उस कोमल भाग के स्पर्श होते ही वह सीधी-सादी सरल. विश्वासमयी कातर बालिका बन जाती थी। आज इत्तफाक से संतकुमार ने वह आसन पा लिया था और अब जिस तरफ चाहे उसे ले जा सकता है; मानो वह मेस्मराइज हो। अब संतकुमार में उसे कोई दोष नहीं नजर आता। अभागिनी पुष्पा इस सत्य पुरुष का जीवन कैसा नष्ट किए डालती है। इन्हें तो ऐसी संगिनी चाहिए जो इन्हें प्रोत्साहित करे, हमेशा इनके पीछे-पीछे रहे। पुष्पा नहीं जानती वह इनके जीवन का राहु बन कर समाज का कितना अनिष्ट कर रही है। और इतने पर भी संतकुमार का उसे गले बांधे रखना देवत्व से कम नहीं। उनकी वह कौन सी सेवा करे, कैसे उनका जीवन सुखी करे!

4

संतकुमार यहां से चले तो उनका हृदय आकाश में था। इतनी जल्द देवी से उन्हें वरदान मिलेगा, इसकी उन्होंने आशा न की थी। कुछ तकदीर ने ही जोर मारा नहीं तो तो युवती अच्छे-अच्छों को उंगलियों पर नचाती है, उन पर क्यों इतनी भक्ति करती। अब उन्हें विलंब न करना चाहिए। कौन जाने कब तिब्बी विरुद्ध हो जाए। और यह दो ही चार मुलाकातों में होने वाला है। तिब्बी उन्हें कार्य- क्षेत्र में आगे बढ़ने की प्रेरणा करेगी और वह पीछे हटेंगे। वहीं मतभेद हो जाएगा। यहां से वह सीधे मि. सिन्हा के घर पहुंचे। शाम हो गई थी। कुहरा पड़ना शुरू हो गया था। सिन्हा सजे-सजाए कहीं जाने को तैयार खड़े थे। इन्हें देखते ही पूछा-

'किधर से?'

'वहीं से। आज तो रंग जम गया।'

'सच!'

'हां जी। उस पर तो जैसे मैंने जादू की लकड़ी फेर दी हो।'

'फिर क्या बाजी मार ली है। अपने फादर से आज ही जिक्र छेड़ो।'

'आपको भी मेरे साथ चलना पड़ेगा।'

'हां, हां मैं तो चलूंगा ही मगर तुम तो बड़े खुशनसीब निकले-यह मिस कामत तो मुझसे सचमुच आशिकी करना चाहती हैं। मैं तो स्वांग रचता हूं और वह समझती है मैं उसका सच्चा प्रेमी हूं। जरा आजकल उसे देखो मारे गरूर के जमीन पर पांव ही नहीं रखती। मगर एक बात है औरत समझदार है। उसे बराबर यह चिंता रहती है मैं उसके हाथ से निकल न जाऊं इसलिए मेरी बड़ी खातिरदारी करती है और बनाव-सिंगार से कुदरत की कमी जितनी पूरी हो सकती है उतनी करती है। और अगर कोई अच्छी रकम मिल जाए तो शादी कर लेने ही में क्या हरज है। '

संतकुमार को आश्चर्य हुआ-' तुम तो उसकी सूरत से बेजार थे!'

' हां, अब भी हूं लेकिन रुपये की जो शर्त है। डाक्टर साहब 20-25 हजार मेरी नजर कर दें, शादी कर लूं। शादी कर लेने से मैं उसके हाथ बिका तो नहीं जाता।'

दूसरे दिन दोनों मित्र ने देवकुमार के सामने सारे मंसूबे रख दिए। देवकुमार को एक क्षण तक तो अपने कानों पर विश्वास न हुआ। उन्होंने स्वच्छंद, निर्भीक-निष्कपट जिंदगी व्यतीत की थी। कलाकारों में एक तरह का जो आत्माभिमान होता है, उसने सदैव उनको ढाढस दिया था। उन्होंने तकलीफें उठाई थीं, फांके भी किए थे, अपमान सहे थे लेकिन कभी अपनी आत्मा को कलुषित न किया था। जिंदगी में कभी अदालत के द्वार तक भी नहीं गए। बोले-मुझे खेद होता है कि तुम मुझसे यह प्रस्ताव कैसे कर सके। और इससे ज्यादा दुःख इस बात का है कि ऐसी कुटिल चाल तुम्हारे मन में आई क्योंकर।

संतकुमार ने निस्संकोच भाव से कहा-जरूरत सब कुछ सिखा देती है। स्वरक्षा प्रकृति का पहला नियम है। वह जायदाद जो आपने बीस हजार में दे दी, आज दो लाख से कम की नहीं है।

'वह दो लाख की नहीं दस लाख की हो। मेरे लिए वह आत्मा को बेचने का प्रश्न है। मैं थोड़े से रुपयों के लिए अपनी आत्मा नहीं बेच सकता।'

दोनों मित्रों ने एक दूसरे की ओर देखा और मुस्कराए। कितनी पुरानी दलील है। और कितनी लचर। आत्मा जैसी चीज है कहां ? और जब सारा संसार धोखाधड़ी पर चल रहा है तो आत्मा कहां रही ? अगर सौ रुपये कर्ज दे कर एक हजार वसूल करना अधर्म नहीं है, अगर एक लाख नीमजान, फाकेकश मजदूरों की कमाई पर एक सेठ का चैन करना अधर्म नहीं है तो एक पुरानी कागजी कार्रवाई को रद्द कराने का प्रयत्न क्यों अधर्म हो ?

संतकुमार ने तीखे स्वर में कहा-अगर आप इसे आत्मा का बेचना कहते हैं, तो बेचना पड़ेगा। इसके सिवा दूसरा उपाय नहीं है। और आप इस दृष्टि से इस मामले को देखते ही

क्यों है? धर्म वह है जिससे समाज का हित हो। अधर्म वह है, जिससे समाज का अहित हो। इससे समाज का कौन-सा अहित हो जाएगा यह आप बता सकते हैं।

देवकुमार ने सतर्क होकर कहा-समाज अपनी मर्यादाओं पर टिका हुआ है। उन मर्यादाओं को तोड़ दो तो समाज का अंत हो जायेगा।

दोनों तरफ से शास्त्रार्थ होने लगे। देवकुमार मर्यादाओं और सिद्धांतों और धर्म-बंधनों की आड़ ले रहे थे, पर इन दोनों नौजवानों की दलीलों के सामने उनकी एक न चलती थी। वह अपनी सुफेद दाढ़ी पर हाथ फेर-फेर कर और खल्वाट सिर खुजा-खुजा कर जो प्रमाण देते थे, उसको यह दोनों युवक चुटकी बजाते तून डालते थे, धुनक कर उड़ा देते थे।

सिन्हा ने निर्दयता के साथ कहा-बाबूजी, आप न जाने किस जमाने की बातें कर रहे हैं। कानून से हम जितना फायदा उठा सकें, हमें उठाना चाहिए। उन दफों की मंशा ही यह है कि उनसे फायदा उठाया जाए। अभी आपने देखा जमींदारों की जान महाजनों से बचाने के लिए सरकार ने कानून बना दिया है और कितनी मिल्कियतें जमींदारों को वापस मिल गई। क्या आप इसे अधर्म कहेंगे? व्यावहारिकता का अर्थ यही है कि हम इन कानूनी साधनों से अपना काम निकालें। मुझे कुछ लेना-देना नहीं, न मेरा कोई स्वार्थ है। संतकुमार मेरे मित्र हैं और इसी वास्ते मैं आपसे यह निवेदन कर रहा हूं। मानें या न मानें, आपको अख्तियार है।

देवकुमार ने लाचार होकर कहा-तो आखिर तुम लोग मुझे क्या करने को कहते हो?

'कुछ नहीं, केवल इतना ही कि हम जो कुछ करें आप उसके विरुद्ध कोई कार्रवाई न करें।'

'मैं सत्य की हत्या होते नहीं देख सकता।'

संतकुमार ने आंखें निकालकर उत्तेजित स्वर में कहा-तो फिर आपको मेरी हत्या देखनी पड़ेगी।

सिन्हा ने संतकुमार को डांटा-क्या फिजूल की बातें करते हो संतकुमार! बाबू जी को दो-चार दिन सोचने का मौका दो। तुम अभी किसी बच्चे के बाप नहीं हो। तुम क्या जानो बाप को बेटा कितना प्यारा होता है। वह अभी कितना ही विरोध करें, लेकिन जब नालिश दायर हो जाएगी तो देखना वह क्या करते हैं। हमारा दावा यही होगा कि जिस वक्त आपने यह बैनामा लिखा, आपके होश-हवास ठीक न थे और अब भी आपको कभी-कभी जुनून का दौरा हो जाता है। हिंदुस्तान जैसे गर्म मुल्क में यह मरज बहुतों को होता है और आपको भी हो गया तो कोई आश्चर्य नहीं। हम सिविल सर्जन से इसकी तसदीक करा देंगे।

देवकुमार ने हिकारत के साथ कहा-मेरे जीते जी यह धांधली नहीं हो सकती। हर्गिज नहीं। मैंने जो कुछ किया सोच समझकर और परिस्थितियों के दबाव से किया। मुझे उसका

बिलकुल अफसोस नहीं है। अगर तुमने इस तरह का कोई दावा किया तो उसका सबसे बड़ा विरोध मेरी ओर से होगा, मैं कहे देता हूं।

और वह आवेश में आकर कमरे में टहलने लगे।

संतकुमार ने भी खड़े होकर धमकाते हुए कहा-तो मेरा भी आपको चैलेंज हैं या तो आप अपने धर्म ही की रक्षा करेंगे या मेरी। आप फिर मेरी सूरत न देखेंगे।

'मुझे अपना धर्म पत्नी और पुत्र सबसे प्यारा है।'

सिन्हा ने संतकुमार को आदेश किया- तुम आज दरखास्त दे दो कि आपके होशहवास में फर्क आ गया और मालूम नहीं क्या कर बैठें। आपको हिरासत में ले लिया जाए।

देवकुमार ने मुट्ठी तान कर क्रोध के आवेश में पूछा-मैं पागल हूं।

'जी हां, आप पागल हैं। आपके होश बजा नहीं हैं। ऐसी बातें पागल ही किया करते हैं। पागल वही नहीं हैं जो किसी को काटने दौड़े। आम आदमी जो व्यवहार करते हों, उसके विरुद्ध व्यवहार करना भी पागलपन है।'

'तुम दोनों खुद पागल हो।'

'इसका फैसला तो डाक्टर करेगा।'

'मैंने बीसों पुस्तकें लिख डालीं, हजारों व्याख्यान दे डाले, यह पागलों का काम है?'

'जी हां, यह पक्के सिरफिरों का काम है। कल ही आप इस घर में रस्सियों से बांध लिए जाएंगे।'

'तुम मेरे घर से निकल जाओ, नहीं तो गोली मार दूंगा।'

'बिलकुल पागलों की सी धमकी। संतकुमार उस दरख्रास्त में यह भी लिख देना कि आपकी बंदूक छीन ली जाए वरना जान का खतरा है।'

और दोनों मित्र उठ खड़े हुए। देवकुमार कभी कानून के जाल में न फंसे थे। प्रकाशकों और बुकसेलरों ने उन्हें बारह धोखे दिए, मगर उन्होंने कभी कानून की शरण न ली। उनके जीवन की नीति थी-आप भला तो जग भला और उन्होंने हमेशा इसी नीति का पालन किया था। मगर वह दब्बू या डरपोक न थे। खासकर सिद्धांत के मुआमले में तो वह समझौता करना जानते ही न थे। वह इस षड्यंत्र में कभी शरीक न होंगे। चाहे इधर की दुनिया उधर हो जाए। मगर क्या यह सब सचमुच उन्हें पागल साबित कर देंगे? जिस दृढ़ता से सिन्हा ने धमकी दी थी, वह उपेक्षा के योग्य न थी। उसकी ध्वनि से तो ऐसा मालूम होता था कि बह इस तरह के दांव-पेंच में अभ्यस्त हैं और शायद डाक्टरों को मिलाकर सचमुच उन्हें सनकी साबित कर दे। उनका आत्माभिमान गरज उठा-नहीं, वह असत्य की शरण न लेंगे चाहे

इसके लिए कुछ भी सहना पड़े। डाक्टर भी क्या अंधा है? उनसे कुछ पूछेगा, कुछ बातचीत करेगा या यों ही कलम उठाकर उन्हें पागल लिख देगा! मगर कहीं ऐसा तो नहीं है कि उनके होश-हवास में फितूर पड़ गया हो। हुश, वह भी इन छोकरों की बातों में आये जाते हैं। उन्हें अपने व्यवहार में कोई अंतर नहीं दिखाई देता। उनकी बुद्धि सूर्य के प्रकाश की भांति निर्मल है। कभी नहीं। वह इन लौंडों के धौंस में न आएंगे।

लेकिन यह विचार उनके हृदय को मथ रहा था कि संतकुमार की यह मनोवृत्ति कैसे हो गई। उन्हें अपने पिता की याद आती थी। वह कितने सौम्य, कितने सत्यनिष्ठा थे। उनके ससुर वकील जरूर थे, पर कितने धर्मात्मा पुरुष थे। अकेले कमाते थे और सारी गृहस्थी का पालन करते थे। पांच भाइयों और उनके बाल-बच्चों का बोझ खूब संभाले हुए थे। क्या मजाल कि अपने बेटे-बेटियों के साथ उन्होंने किसी तरह का पक्षपात किया हो। जब तक बड़े भाई को भोजन न करा लें, खुद न खाते थे। ऐसे खानदान में संतकुमार जैसा दगाबाज कहां से धंस पड़ा? उन्हें कभी ऐसी कोई बात याद न आती थी, जब उन्होंने अपनी नीयत बिगाड़ी हो।

लेकिन यह बदनामी कैसे सही जाएगी। वह अपने ही घर में जब जागृति न ला सके, तो एक प्रकार से उनका सारा जीवन नष्ट हो गया। जो लोक उनके निकटतम संपर्क में थे जब उन्हें वह आदमी न बना सके तो जीवन-पर्यन्त की साहित्य-सेवा से किसका कल्याण हुआ? और जब यह मुकदमा दायर होगा उस वक्त वह किसे मुंह दिखा सकेंगे? उन्होंने धन न कमाया, पर यश तो संचय किया ही। क्या वह भी उनके हाथ से छिन जाएगा? उनको अपने संतोष के लिए इतना भी न मिलेगा? ऐसी आत्मवेदना उन्हें कभी न हुई थी।

शैव्या से कह कर वह उसे भी क्यों दुःखी करें? उसके कोमल हृदय को क्यों चोट पहुंचाएं? यह सब कुछ खुद झेल लेंगे। और दुखी होने की बात भी क्यों हो? जीवन तो अनुभूतियों का नाम है। यह भी एक अनुभव होगा। जरा इसकी भी सैर कर लें।

यह भाव आते ही उनका मन हल्का हो गया! घर में जाकर पंकजा से चाय बनाने को कहा।

शैव्या ने पूछा-संतकुमार क्या कहता था?

उन्होंने सहज मुस्कान के साथ कहा-कुछ नहीं वही पुराना खब्त।

'तुमने तो हामी नहीं भरी न?'

देवकुमार स्त्री से एकात्मता की अनुभव करके बोले-कभी नहीं।

'न जाने इसके सिर यह भूत कैसे सवार हो गया!'

'सामाजिक संस्कार हैं और क्या?'

'इसके यह संस्कार क्यों ऐसे हो गए? साधु भी तो है, पंकजा भी तो है, दुनिया में क्या धर्म ही नहीं?'

'मगर कसरत ऐसे ही आदमियों की है, यह समझ लो।'

उस दिन से देवकुमार ने सैर करने जाना छोड़ दिया। दिन-रात घर में मुंह छिपाए बैठे रहते। जैसे सारा कलंक उनके माथे पर लगा हो। नगर और प्रांत के सभी प्रतिष्ठित, विचारवान आदमियों से उनका दोस्ताना था, सब उनकी सज्जनता का आदर करते थे। मानो वह मुकदमा दायर होने पर भी शायद कुछ न कहेंगे। लेकिन उनके अन्तर में जैसे चोर सा बैठा हुआ था। वह अपने अहंकार में अपने को आत्मीयों की भलाई-बुराई का जिम्मेदार समझते थे। पिछले दिनों जब सूर्यग्रहण के अवसर पर साधुकुमार ने बढ़ी हुई नदी में कूद कर एक डूबते हुए आदमी की जान बचाई थी, उस वक्त उन्हें उससे कहीं ज्यादा खुशी हुई थी, जितनी खुद सारा यश पाने से होती। उनकी आंखों में आंसू भर आए थे, ऐसा लगता था मानो उनका मस्तक कुछ ऊंचा हो गया, मानो मुख पर तेज आ गया है। यही लोग जब संतकुमार की चितकबरी आलोचना करेंगे, तो वह कैसे सुनेंगे?

इस तरह एक महीना गुजर गया और संतकुमार ने मुकदमा दायर न किया। उधर सिविल सर्जन को गांठना था, इधर मि. मलिक को। शहादतें भी तैयार करनी थीं। इन्हीं तैयारियों में सारा दिन गुजर जाता था। और रुपये का इंतजाम भी करना था। देवकुमार सहयोग करते, तो यह सबसे बड़ी बाधा हट जाती। पर उनके विरोध में समस्या को और जटिल कर दिया था। संतकुमार कभी-कभी निराश हो जाता। कुछ समझ में न आता क्या करें। दोनों मित्र देवकुमार पर दांत पीस-पीस कर रह जाते।

संतकुमार कहता-जी चाहता है इन्हें गोली मार दूं। मैं इन्हें अपना बाप नहीं शत्रु समझता हूं।

सिन्हा समझाता-मेरे दिल में तो भई उनकी इज्जत होती है। अपने स्वार्थ के लिए आदमी नीचे से नीचा काम कर बैठता है, पर त्यागियों और सत्यवादियों का आदर तो दिल में होता ही है। न जाने तुम्हें उन पर कैसे गुस्सा आता है। जो व्यक्ति सत्य के लिए बड़े से बड़ा कष्ट सहने को तैयार हो, वह पूजने के लायक है।

'ऐसी बातों से मेरा जी न जलाओ। सिन्हा! तुम चाहते तो वह हजरत अब तक पागलखाने में होते। मैं न जानता था तुम इतने भावुक हो।'

'उन्हें पागलखाने भेजना इतना आसान नहीं जितना तुम समझते हो। और इसकी कोई जरूरत भी तो नहीं। हम यह साबित करना चाहते है कि जिस वक्त बैनामा हुआ, वह अपने होश-हवास में न थे। इसके लिए शहादतों की जरूरत है। वह अब भी उसी दशा में हैं, इसे

साबित करने के लिए डाक्टर चाहिए और मि. कामत भी यह लिखने का साहस नहीं रखते।'

पं. देवकुमार को धमकियों से झुकाना तो असम्भव था, मगर तर्क के सामने गर्दन आप ही आप झुक जाती थी। इन दिनों वह यही पहेली सोचते रहते थे कि संसार की कुव्यवस्था क्यों है? कर्म और संस्कार लेकर वह कहीं न पहुंच पाते थे। सर्वात्मवाद से भी उनकी गुत्थी न सुलझती थी। अगर सारा विश्व एकात्म है, तो फिर यह भेद क्यों है? क्यों एक आदमी जिंदगी भर बड़ी से बड़ी मेहनत करके भी भूखों मरता है और दूसरा आदमी हाथ पांव न हिलाने पर भी फूलों की सेज पर सोता है। यह सर्वात्म है या घोर अनात्म? बुद्धि जवाब देती-यहां सभी स्वाधीन हैं, सभी को अपनी शक्ति और साधना के हिसाब से उन्नति करने का अवसर है। मगर शंकर पूछती-सब को समान अवसर कहां है? बाजार लगा हुआ है। जो चाहे वहां से अपनी इच्छा की चीज खरीद सकता है। मगर खरीदेगा तो वही जिसके पास पैसे हैं। और जब सब के पास पैसे नहीं हैं, तो सबका बराबर अधिकार कैसे माना जाए? इस तरह का आत्ममंथन उनके जीवन में कभी न हुआ था। उनकी साहित्यिक बुद्धि ऐसी व्यवस्था से संतुष्ट तो हो ही न सकती थी, पर उनके सामने ऐसी कोई गुत्थी न पड़ी थी तो इस प्रश्न को वैयक्तिक अंत तक ले जाती। इस वक्त उनकी दशा उस आदमी की सी थी, जो रोज मार्ग में ईंटें पड़ी देखता है और बचा कर निकल जाता है। रात में कितने लोगों को ठोकर लगती होगी, कितनों के हाथ-पैर टूटते होंगे, इसका ध्यान उसे नहीं आता। मगर एक दिन जब वह खुद रात-को ठोकर खा कर अपने घुटने फोड़ लेता है तो उसकी निवारण-शक्ति हठ करने लगती है और उस सारे ढेर को मार्ग से हटाने पर तैयार हो जाता है। देवकुमार को वही ठोकर लगी थी! कहां है न्याय? कहां? एक गरीब आदमी किसी खेत में बालें नोच कर खा लेता है, कानून उसे सजा देता है। दूसरा अमीर आदमी दिनदहाड़े दूसरों को लूटता है और उसे पदवी मिलती है, सम्मान मिलता है। कुछ आदमी तरह-तरह के हथियार बांध कर आते हैं और निरीह, दुर्बल मजदूरों पर आतंक जमा कर अपना गुलाम बना लेते हैं। लगान और टैक्स और महसूल और कितने ही नामों में से उसे लूटना शुरू करते हैं और भर लम्बा-लम्बा वेतन उड़ाते हैं, शिकार खेलते हैं, नाचते हैं, रंगरेलियां मनाते है। यही है ईश्वर का रचा हुआ संसार? यही न्याय है?

हां, देवता हमेशा रहेंगे और हमेशा रहे हैं। उन्हें अब भी संसार धर्म और नीति पर चलता हुआ नजर आता है। वे अपने जीवन की आहुति देकर संसार से बिदा हो जाते हैं। लेकिन उन्हें देवता क्यों कहो, कायर कहो, आत्मसेवी कहो। देवता वह है, जो न्याय की रक्षा करे और उसके लिए प्राण दे दे। अगर वह जान कर अनजान बनता है, तो धर्म से गिरता है और अगर उसकी आंखों में यह कुव्यवस्था खटकती ही नहीं तो वह अच्छा भी है और मूर्ख भी।

देवता किसी तरह नहीं। और यहां देवता बनने की जरूरत भी नहीं। देवताओं ने ही भाग्य, ईश्वर और भक्ति की मिथ्याएं फैला कर इस अनीति को अमर बनाया है। मनुष्य ने अब तक इसका अन्त कर दिया होता या समाज का ही अन्त कर दिया होता, जो इस दशा में जिंदा रहने से कहीं अच्छा होता। नहीं, मनुष्यों को मनुष्य बनना पड़ेगा! दरिंदों के बीच में उनसे लड़ने के लिए हथियार बांधना पड़ेगा, उनके पंजों का शिकार बनना देवतापन नहीं जड़ता है। आज जो इतने ताल्लुकेदार और राजे हैं, वह अपने पूर्वजों की लूट का ही आनन्द तो उठा रहे हैं। और क्या, उन्होंने वह जायदाद बेच कर पागलपन नहीं किया? पितरों का पिंडा देने के लिए गया जा कर पिंडा देना और यहां आ कर हजारों रुपये खर्च करना क्या जरूरी था? और रातों को मित्रों के साथ मुजरे सुनना और नाटक-मंडली खोल कर हजारों रुपये उसमें डुबाना अनिवार्य था? वह अवश्य पागलपन था। उन्हें क्यों अपने बाल-बच्चों की चिंता नहीं हुई? अगर उन्हें मुफ्त की संपत्ति मिली और उन्होंने उड़ाया तो उनके लड़के क्यों न मुफ्त की संपत्ति भोगें? अगर वह जवानी की उमंगों को नहीं रोक सके तो उनके लड़के क्यों तपस्या करें?

और अन्त में उनकी शंकाओं को इस धारणा से तस्कीन हुई कि इस अनीति भरे संसार में धर्म-अधर्म का विचार गलत है, आत्मघात है और जुआ खेल कर या दूसरों के लोभ और असक्ति से फायदा उठा कर सम्पत्ति खड़ी करना उतना ही बुरा या अच्छा है, जितना कानूनी दांवपेच से। बेशक वह महाजन के बीस हजार के कर्जदार हैं। नीति कहती है कि उस जायदाद को बेच कर उसके बीस हजार दे दिए जाएं बाकी उन्हें मिल जाए। अगर कानून कर्जदारों के साथ इतना न्याय भी नहीं करता तो कर्जदार भी कानून में जितनी खींचतान हो सके, करके महाजन से अपनी जायदाद वापस लेने की चेष्टा करने में किसी अधर्म का दोषी नहीं ठहर सकता। इस निष्कर्ष पर उन्होंने शास्त्र और नीति के हरेक पहलू से विचार किया और वह उनके मन में जम गया। अब किसी तरह नहीं हिल सकता। और यद्यपि इससे चिर-संस्कारों को आघात लगता था, पर वह ऐसे प्रसन्न और फूले हुए थे मानो उन्हें कोई नया जीवन मन्त्र मिल गया हो।

एक दिन उन्होंने सेठ गिरधर दास के पास जाकर साफ-साफ कह दिया- अगर आप मेरी जायदाद वापस न करेंगे तो मेरे लड़के आपके ऊपर दावा करेंगे।

गिरधर दास नए जमाने के आदमी थे, अंग्रेजी में कुशल, कानून में चतुर, राजनीति में भाग लेने वाले कम्पनियों में हिस्सा लेते थे और बाजार अच्छा देख कर बेच देते थे, एक शक्कर का मिल खुद चलाते थे। सारा कारोबार अंग्रेजी ढंग से करते थे। उनके पिता सेठ मक्कूलाल भी यही सब करते थे, पर पूजा-पाठ, दान-दक्षिणा से प्रायश्चित करते रहते थे। गिरधर दास पक्के जड़वादी थे, हरेक काम व्यापार के कायदे से करते रहते थे। कर्मचारियों

का वेतन पहली तारीख को देते थे, मगर बीच में किसी को जरूरत पड़े तो सूद पर रुपये देते थे। मक्कूलाल जी साल-साल भर वेतन न देते थे पर कर्मचारियों को बराबर पेशगी देते रहते थे। हिसाब होने पर उनको कुछ देने के बदले कुछ मिल जाता था। मक्कूलाल साल में दो-चार बार अफसरों को सलाम करने जाते थे, डालियां देते थे, जूते उतार कर कमरे में जाते थे और हाथ बांधे रहते थे। चलते वक्त आदमियों को दो-चार बार रुपये इनाम दे आते। गिरधर दास म्युनिसिपल कमिश्नर थे, सूट-बूट पहन कर अफसरों के पास जाते थे और बराबरी का व्यवहार करते थे और आदमियों के साथ केवल इतनी रियासत करते थे कि त्यौहारी दे देते थे, वह भी खूब खुशामद करा के। अपने हकों के लिए लड़ना और आन्दोलन करना जानते थे, मगर उन्हें ठगना असम्भव था।

देवकुमार का यह कथन सुनकर चकरा गए। उनकी बड़ी इज्जत करते थे। उनकी कई पुस्तकें पढ़ा थीं और उनकी रचनाओं का पूरा सेट उनके पुस्तकालय में था। हिंदी भाषा के प्रेमी थे और नागरी-प्रचार सभा को कई बार अच्छी रकम दान दे चुके थे। पंडों-पुजारियों के नाम से चिढ़ते थे, दूषित दान-प्रथा पर एक पम्पलेट भी छपवाया था। लिबरल विचारों के लिए नगर में उनकी ख्याति थी। मक्कूलाल मारे मोटापे के जगह से हिल न सकते थे, गिरधर दास गठीले आदमी थे और नगर-व्यायामशाला के प्रधान ही न थे, अच्छे शहसवार और निशानेबाज थे।

एक क्षण तो वह देवकुमार के मुंह की ओर देखते रहे। उनका आशय क्या है, वह समझ में ही न आया।फिर ख्याल आया बेचारे आर्थिक संकट में होंगे, इससे बुद्धि भ्रष्ट हो गई है। बेतुकी बातें कर रहे हैं। देवकुमार के मुख पर विजय का गर्व देखकर उनका यह ख्याल और मजबूत हो गया।

सुनहरी ऐनक उतार कर मेज पर रख कर विनोद भाव से बोले-कहिए घर में सब कुशल तो है!

देवकुमार ने विद्रोह भाव से कहा-जी हां, सब आपकी कृपा है।

'बड़ा लड़का तो वकालत कर रहा है न?'

'जी हां।'

'मगर चलती न होगी और आपकी पुस्तकें भी आजकल कम बिकती होंगी। यह देश का दुर्भाग्य है कि आप जैसे सरस्वती के पुत्रों का यह अनादर! आप यूरोप में होते तो आज लाखों के स्वामी होते।'

'आप जानते हैं, मैं लक्ष्मी के उपासकों में नहीं हूं।'

'धन-संकट में तो होंगे ही। मुझसे जो सेवा कुछ आप कहें उसके लिए तैयार हूं। मुझे तो गर्व है कि आप जैसे प्रतिभाशाली पुरुषों से मेरा परिचय है। आपकी कुछ सेवा करना मेरे लिए गौरव की बात होगी।'

देवकुमार ऐसे अवसरों पर नम्रता के पुतले बन जाते थे। भक्ति और प्रशंसा देकर कोई उनका सर्वस्व ले सकता था। एक लखपति आदमी और वह भी साहित्य का प्रेमी जब उनका इतना सम्मान करता है तो उससे जायदाद या लेन-देन की बात करना, उन्हें लज्जाजनक मालूम हुआ। बोले- आपकी उदारता है, जो मुझे इस योग्य समझते हैं।

'मैंने समझा नहीं आप किस जायदाद की बात कह रहे थे।'

देवकुमार सकुचाते हुए बोले-अजी वही, जो सेठ मक्कूलाल ने मुझसे लिखाई थी।

'अच्छा तो उसके विषय में कोई नई बात है।'

'उसी मामले में लड़के आपके ऊपर दावा करने वाले हैं। मैंने बहुत समझाया मगर मानते नहीं। आपके पास इसीलिए आया था कि कुछ ले-देकर समझौता कर लीजिए मामला अदालत में क्यों जाए? नाहक दोनों जेरबार होंगे।

गिरधर का जहीन, मुरौवदार चेहरा कठोर हो गया। जिन महाजनी नखों को उन्होंने भद्रता की नर्म गद्दी में छिपा रखा था, वह यह खटका पाते ही उग्र होकर बाहर निकल आए।'

क्रोध को दबाते हुए बोले - आपको मुझे समझाने के लिए यहां आने की तकलीफ उठाने की कोई जरूरत न थी। उन लड़कों ही को समझाना चाहिए था।

'उन्हें तो मैं समझा चुका।'

'तो जाकर शांत बैठिए। मैं अपने हकों के लिए लड़ना जानता हूं। अगर उन लोगों के दिमाग में कानून की गर्मी का असर हो गया है, तो उसकी दवा मेरे पास है।'

अब देवकुमार की साहित्यिक नम्रता भी अविचलित न रह सकी। जैसे लड़ाई का पैगाम स्वीकार करते हुए बोले-मगर आपको मालूम होना चाहिए वह मिल्कियत आज दो लाख से कम की नहीं है।

'दो लाख नहीं दस लाख की हो आपसे सरोकार नहीं।'

'आपने मुझे बीस हजार ही तो दिए थे।'

'आपको इतना कानून तो मालूम ही होगा। हालांकि कभी आप अदालत में नहीं गए कि जो चीज बिक जाती है, वह कानूनन किसी दाम पर भी वापस नहीं की जाती। अगर इस नए कायदे को मान लिया जाए तो इस शहर में महाजन न नजर आए।' कुछ देर तक सवाल-जवाब होता रहा और लड़ने वाले कुत्तों की तरह दोनों भले आदमी गुर्राते, दांत निकालते,

खौंखियाते रहे। आखिर दोनों लड़ ही गये। गिरधर दास ने प्रचंड होकर कहा-मुझे आपसे ऐसी आशा नहीं थी।

देवकुमार ने भी छड़ी उठा कर कहा-मुझे भी न मालूम था कि आपके स्वार्थ का पेट इतना गहरा है।

'आप अपना सर्वनाश करने जा रहे हैं।'

'कुछ परवाह नहीं।'

देवकुमार वहां से चले तो माघ की उस अंधेरी रात की निर्दय ठंड में भी उन्हें पसीना आ रहा था। विजय का ऐसा गर्व अपने जीवन में उन्हें कभी न हुआ था। उन्होंने तर्क में तो बहुतों पर विजयी पायी थी। यह विजय थी जीवन में एक नयी प्रेरणा, एक नयी शक्ति का उदय।

उसी रात को सिन्हा और संतकुमार ने एक बार फिर देवकुमार पर जोर डालने का निश्चय किया। दोनों आकर खड़े ही थे कि देवकुमार ने प्रोत्साहन भरे हुए भाव से कहा-तुम लोगों ने अभी तक मुकदमा दायर नहीं किया। नाहक क्यों देर कर रहे हो?

संतकुमार के सूखे हुए निराश मन में उल्लास की आंधी सी आ गई। क्या सचमुच कहीं ईश्वर है जिस पर उसे कभी विश्वास नहीं हुआ? जरूर कोई दैवी शक्ति है। भीख मांगने आए थे वरदान मिल गया।

बोला-आप ही की अनुमति का इन्तजार था।

'मैं बड़ी खुशी से अनुमति देता हूं। मेरे आशीर्वाद तुम्हारे साथ हैं।'

उन्होंने गिरधर दास से जो बातें हुई वह कह सुनाई।'

सिन्हा ने नाक फुलाकर कहा-जब आपकी दुआ है, तो हमारी फतह है। उन्हें अपने धन का घमंड होगा, मगर यहां भी कच्ची गोलियां नहीं खेली हैं।

संतकुमार ऐसा खुश था गोया आधी मंजिल तय हो गयी। बोला-आपने खूब उचित जवाब दिया।

सिन्हा ने तनी हुई ढोल की सी आवाज में चोट मारी-ऐसे-ऐसे सेठों को उंगलियों पर नचाते हैं यहां।

संतकुमार स्वप्न देखने लगे-यहीं हम दोनों के बंगले बनेंगे दोस्त।

'यहां क्यों, सिविल लाइन्स में बनेंगे।'

'अन्दाज से कितने दिन में फैसला हो जाएगा?'

'छह महीने के अन्दर।'

'बाबू जी के नाम से सरस्वती मंदिर बनवाएंगे।'

मगर समस्या था, रुपये कहां से आये। देवकुमार निस्पृह आदमी थे। धन की कभी उपासना नहीं की। कभी इतना ज्यादा मिला ही नहीं कि संचय करते। किसी महीने में पचास जमा होते तो दूसरे महीने में खर्च हो जाते। अपनी सारी पुस्तकों का कापीराइट बेचकर उन्हें पांच हजार मिले थे। वह उन्होंने पंकजा के विवाह के लिए रख दिए थे। अब ऐसी कोई सूरत नहीं थी जहां से कोई बड़ी रकम मिलती। उन्होंने समझा था संतकुमार घर का खर्च उठा लेगा और वह कुछ दिन आराम से बैठेंगे या घूमेंगे। लेकिन इतना बड़ा मंसूबा बांध कर वह अब शांत कैसे बैठ सकते थे? उनके भक्तों की काफी तादाद थी। दो चार राजे भी उनके भक्तों में थे जिनकी यह पुरानी लालसा थी कि देवकुमार जी उनके घर को अपने चरणों से पवित्र करें और वह अपनी श्रद्धा उनके चरणों में अर्पण करें। मगर देवकुमार थे कि कभी किसी दरबार में कदम नहीं रखा, अब अपने प्रेमियों और भक्तों से आर्थिक संकट का रोना रो रहे थे और खुले शब्दों में सहायता की याचना कर रहे थे। वह आत्मगौरव जैसे किसी कब्र में सो गया हो।

और शीघ्र ही इसका परिणाम निकला। एक भक्त ने प्रस्ताव किया कि देवकुमार जी की साठवीं सालगिरह धूमधाम से मनाई जाए और उन्हें साहित्य प्रेमियों की ओर से एक थैली भेंट की जाए। क्या यह लज्जा और दुख की बात नहीं है कि जिस महारथी ने अपने जीवन के चालीस वर्ष साहित्य-सेवा पर अर्पण कर दिए, वह इस वृद्धावस्था में भी आर्थिक चिंताओं से मुक्त न हो? साहित्य यों ही नहीं फल-फूल सकता। जब तक हम अपने साहित्य-सेवियों का ठोस सत्कार करना न सीखेंगे, साहित्य कभी उन्नति न करेगा और दूसरे समाचार पत्रों ने मुक्त कंठ से इसका समर्थन किया। अचरज की बात यह थी कि वह महानुभाव भी जिनका देवकुमार से पुराना साहित्यिक वैमनस्य था, वे भी इस अवसर पर उदारता का परिचय देने लगे। बात चल पड़ी। एक कमेटी बन गई। एक राजा साहब उसके प्रधान बन गए। मि. सिन्हा ने कभी देवकुमार की कोई पुस्तक न पढ़ी थी, पर वह इस आंदोलन में प्रमुख भाग लेते थे। मिस कामत और मिस मलिक की ओर से भी समर्थन हो गया। महिलाओं को पुरुषों से पीछे न रहना चाहिए। जेठ में तिथि निश्चित हुई। नगर के इंटरमीडिएट कालेज में इस उत्सव की तैयारियां होने लगीं।

आखिर वह तिथि आ गई। आज शाम को वह उत्सव होगा। दूर-दूर से साहित्य प्रेमी आए हैं। सोरांव के कुंवर साहब वह थैली भेंट करेंगे। आशा से ज्यादा सज्जन जमा हो गये हैं। व्याख्यान होंगे, गाना होगा, ड्रामा खेला जाएगा, प्रीतिभोज होगा, कवि-सम्मेलन होगा। शहर में दीवारों पर पोस्टर लगे हुए हैं। सभ्य -समाज में अच्छी हलचल है। राजा साहब सभापति हैं।

देवकुमार को तमाशा बनने से नफरत थी। पब्लिक जलसों में भी कम आते-जाते थे। लेकिन आज तो बारात का दूल्हा बनना ही पड़ा। ज्यों-ज्यों सभा में जाने का समय समीप आता था उसके मन पर एक तरह का अवसाद छाया जाता था। जिस वक्त थैली उनको भेंट की जाएगी और वह हाथ बढ़ा कर लेंगे वह दृश्य कैसा लज्जाजनक होगा। जिसने कभी धन के लिए हाथ नहीं फैलाए वह इस आखिरी वक्त में दूसरों का दान ले? यह दान ही है, और कुछ नहीं। एक क्षण के लिए उनका आत्मसम्मान विद्रोही बन गया। इस अवसर पर उनके लिए शोभा तो यही देता है कि वह थैली पाते ही उसी जगह किसी सार्वजनिक संस्था को दे दें। उनके जीवन के आदर्श के लिए यही अनुकूल होगा, लोग उनसे यही आशा रखते हैं, इसी में उनका गौरव भी है। वह पंडाल में पहुंचे तो उनके मुख पर उल्लास की झलक न थी। वह कुछ खिसियाए से लगते थे। नेकनामी की लालसा एक ओर खींचती थी, लाभ दूसरी ओर मन को कैसे समझाएं कि यह दान नहीं, उनका हक है। लोग हंसेंगे, आखिर पैसों पर टूट पड़ा। उसका जीवन बौद्धिक था और बुद्धि जो कुछ करती है नीति पर कस कर करती है। नीति का सहारा मिल जाए तो फिर वह दुनिया की परवाह नहीं करती। वह पहुंचे तो स्वागत हुआ, मंगल-गान हुआ, व्याख्यान होने लगे जिनमें उनकी कीर्ति गायी गई। मगर उनकी दशा उस आदमी की सी हो रही थी जिसके सिर में दर्द हो रहा हो। उन्हें इस वक्त इस दर्द की दवा चाहिए। कुछ अच्छा नहीं लग रहा है। सभी विद्वान हैं, मगर उनकी आलोचना कितनी उथली, ऊपरी है जैसे कोई उनके संदेशों को समझा ही नहीं, जैसे यह सारी वाह-वाह और सारा यशगान अंध-भक्ति के सिवा और कुछ न था। कोई भी उन्हें नहीं समझा, किस प्रेरणा ने चालीस साल के सिवा और कुछ न था। कोई भी उन्हें नहीं समझा, किस प्रेरणा ने चालीस साल तक उन्हें संभाले रखा, वह कौन-सा प्रकाश था जिसकी ज्योति कभी बंद नहीं हुई।

सहसा उन्हें एक आश्रम मिल गया और उनके विचारशील, पीले मुख पर हल्की सी सुर्खी दौड़ गयी। यह दान नहीं प्राविडेन्ट फंड है जो आज तक उनकी आमदनी से कटता जा रहा है। सरकार की नौकरी में लोग पेंशन पाते हैं, क्या वह दान है? उन्होंने जनता की सेवा की है, तन-मन से की है, इस धुन से की है, जो बड़े से बड़े वेतन से भी न आ सकती थी। पेंशन लेने में क्या लाज आए?

राजा साहब ने जब थैली भेंट की तो देवकुमार के मुंह पर गर्व था, हर्ष था, विजय थी।

* * *

भाग - २

मि.सिन्हा उन आदमियों में हैं जिनका आदर इसलिए होता है कि लोग उनसे डरते हैं। उन्हें देखकर सभी आदमी आइए, आइए करते हैं, लेकिन उनके पीठ गेरते ही कहते हैं– बड़ा ही मूजी आदमी है, इसके काटे का मंत्र नहीं। उनका पेशा है मुकदमे बनाना जैसे कवि एक कल्पना पर पूरा काव्य लिख डालता है, उसी तरह सिन्हा साहब भी कल्पना पर मुकदमों की सृष्टि कर डालते हैं न जाने वह कवि क्यों नहीं हुए- मगर कवि होकर वह साहित्य की चाहे जितनी वृध्दि कर सकते, अपना कुछ उपकार न कर सकते। कानून की उपासना करके उन्हें सभी सिध्दियां मिल गई थीं शानदार बंगले में रहते थे, बड़े- बड़े रईसों और हुक्काम से दोस्ताना था, प्रतिष्ठा भी थी। रौब भी था। कलम में ऐसा जादू था कि मुकदमे में जान डाल देते। ऐसे-ऐसे प्रसंग सोच निकालते, ऐसे-ऐसे चरित्रों की रचना करते कि कल्पना सजीव हो जाती थी। बड़े-बड़े घाघ जज भी उसकी तह तक न पहुंच सकते सब कुछ इतना स्वाभाविक, इतना संबद्ध होता था कि उस पर मिथ्या का भ्रम तक न हो सकता था। वह सन्तकुमार के साथ के पढ़े हुए थे दोनों में गहरी दोस्ती थी। सन्तकुमार के मन में एक भावना उठी और सिन्हा ने उसमें रंग-रूप भर कर जीता-जागता पुतला खड़ा कर दिया और आज मुकदमा दायर करने का निश्चय किया जा रहा है।

नौ बजे होंगे। वकील और मुवक्किल कचहरी जाने की तैयारी कर रहे हैं, सिन्हा अपने सजे कमरे में मेज पर टांग फैलाए लेटे हुए हैं। गोरे-चिट्टे आदमी, ऊंचा कद, इकहरा बदन, बड़े-बड़े बाल पीछे को कंघी से ऐंचे हुए, मूंछें साग, आंखों पर ऐनक, होठों पर सिगार, चेहरे पर प्रतिभा का प्रकाश, आंखों में अभिमान, ऐसा जान पड़ता है कोई बड़ा रईस है। सन्तकुमार नीची अचकन पहने, गेल्ट कैप लगाए कुछ चिंतित से बैठे हैं।

सिन्हा ने आश्वासन दिया– तुम नाहक डरते हो। मैं कहता हूं हमारी –तेह है ऐसी सैकड़ो नजीरें मौजूद हैं, जिसमें बेटों-पोतों ने बैनामे मंसूख कराये हैं, पक्की शहादत चाहिए और उसे जमा करना बाएं हाथ का खेल है।

सन्तकुमार ने दुविधा में पड़कर कहा– लेकिन गादर को भी तो राजी करना होगा। उनकी इच्छा के बिना तो कुछ न हो सकेगा।

–उन्हें सीधा करना तुम्हारा काम है।

–लेकिन उनका सीधा होना मुश्किल है।

–तो उन्हें भी गोली मारो, हम साबित करेंगे कि उनके दिमाग में खलल है।

–यह साबित करना आसान नहीं है, जिसने बड़ी-बड़ी किताबें लिख डालीं, जो सभ्य समाज का नेता समझा जाता है, जिसकी अक्लमंदी को सारा शहर मानता है, उसे दीवाना कैसे साबित करोगे ?

सिन्हा ने विश्वासपूर्ण भाव से कहा– यह सब मैं देख लूंगा किताब लिखना और बात है, होश-हवास का ठीक रहना और। मैं तो कहता हूं जितने लेखक हैं, सभी सनकी हैं, पूरे पागल, जो महज वाह-वाह के लिए यह पेशा मोल लेते हैं, अगर यह लोग अपने होश में हों तो किताबें न लिखकर दलाली करें, यह खोंमचे लगायें यहां कुछ तो मेहनत का मुआवजा मिलेगा। पुस्तकें लिखकर तो बदहजमी, तपेदिक ही हाथ लगता है। रुपये का जुगाड़ तुम करते जाओ, बाकी सारा काम मुझ पर छोड़ दो और हां आज शाम को क्लब में जरूर आना अभी से कैम्पेन (मुहासरा) शुरू देना चाहिए। तिब्बी पर डोरे डालना शुरू करो। यह समझ लो, वह सब-जज साहब की अकेली लड़की है और उस पर अपना रंग जमा दो तो तुम्हारी गोटी लाल है। सब-जज साहब तिब्बी की बात कभी नहीं टाल सकते मैं यह मरहला करने में तुमसे ज्यादा कुशल हूं। मगर मैं एक खून के मुआमले में पैरवी कर रहा हूं और सिविल सर्जन मिस्टर कामत की वह पीले मुंह वाली छोकरी आजकल मेरी प्रेमिका है। सिविल सर्जन मेरी इतनी आवभगत करते हैं कि कुछ न पूछो। उस चुड़ैल से शादी करने पर आज तक कोई राजी न हुआ। इतने मोटे होंठ हैं और सीना तो जैसे झुका हुआ सायबान हो। फिर भी आपको दावा है कि मुझसे ज्यादा रूपवती संसार में न होगी औरतों को अपने रूप का घमंड कैसे हो जाता है, यह मैं आज तक न समझ सका। जो रूपवान हैं वह घमंड करे तो वाजिब है, लेकिन जिसकी सूरत देखकर कै आए, वह कैसे अपने को अप्सरा समझ लेती है। उसके पीछे-पीछे घूमते और आशिकी करते जी तो जलता है, मगर गहरी रकम हाथ लगने वाली है, कुछ तपस्या तो करनी ही पड़ेगी। तिब्बी तो सचमुच अप्सरा है और चंचल भी। जरा मुश्किल से काबू में आयेगी, अपनी सारी कला खर्च करनी पड़ेगी।

—यह कला मैं खूब सीख चुका हूं।

—तो आज शाम को आना क्लब में।

—जरूर आऊंगा।

—रुपये का प्रबंध भी करना।

—वह तो करना ही पड़ेगा।

इस तरह सन्तकुमार और सिन्हा दोनों ने मुहासिरा डालना शुरू किया। सन्तकुमार न लंपट था, न रसिक, मगर अभिनय करना जानता था। रूपवान भी था, जुबान का मीठा भी, दोहरा शरीर, हंसमुख और जहीन चेहरा, गोरा चिट्टा, जब सूट पहनकर छड़ी घुमाता हुआ निकलता तो आंखों में बस जाता था। टेनिस, ब्रिज आदि फैशनेबल खेलों में निपुण था। हां, तिब्बी से राह-रस्म पैदा करने में उसे देर न लगी। तिब्बी यूनिवर्सिटी के पहले साल में थी। बहुत ही तेज, बहुत ही मगरूर, बड़ी हाजिर जवाब। उसे स्वाध्याय का शौक न था, बहुत थोड़ा पढ़ती थी। मगर संसार की गति से वाकिफ थी। और अपनी ऊपरी जानकारी को विद्वता का रूप देना जानती थी। कोई विषय उठाइए, चाहे वह घोर विज्ञान ही क्यों न हो, उस पर भी वह कुछ-न-कुछ आलोचना कर सकती थी। कोई मौलिक बात कहने का उसे शौक था। और प्रांजल भाषा के मिजाज में नफासत इतनी थी कि सलीके या तमीज की जरा भी कमी उसे असह्य थी। उसके यहां कोई नौकर या नौकरानी न ठहरने पाती थी। दूसरों पर कड़ी आलोचना करने में उसे आनंद आता था, और उसकी निगाह इतनी तेज थी कि किसी स्त्री या पुरुष में जरा भी कुरुचि या भोंडापन देखकर वह भौंओं से या होंठों से अपना मनोभाव प्रकट कर देती थी। महिलाओं के समाज में उसकी निगाह उनके वस्त्राभूषण पर रहती थी और पुरुष-समाज में उनकी मनोवृत्ति की ओर। उसे अपने अद्वितीय रूप-लावण्य का ज्ञान था और वह अच्छे-से पहनावे से उसे और भी चमकाती थी। जेवरों से उसे विशेष रुचि न थी। यद्यपि अपने सिंगारदान में उन्हें चमकते देखकर उसे हर्ष होता था। दिन में कितनी ही बार वह नये-नये रूप धरती थी। कभी बैतालियों का भेष धारण कर लेती थी। कभी गुजरियों का, कभी स्कर्ट और मोजे पहन लेती थी। मगर उसके मन में पुरुषों को आकर्षित करने का जरा भी भाव न था। वह स्वयं अपने रूप में मग्न थी।

मगर इसके साथ ही वह सरल न थी। और युवकों के मुख से अनुराग-भरी बातें सुनकर वह वैसी ही ठंडी ही रहती थी। इस व्यापार में साधारण रूप-प्रशंसा के सिवा उसके लिए

और कोई मनोभाव न था। और युवक किसी तरह प्रोत्साहन न पाकर निराश हो जाते थे। मगर सन्तकुमार की रसिकता में उसे अंतर्मन से कुछ रहस्य, कुछ कुशलता का आभास मिला अन्य युवकों में उसने जो असंयम, जो उग्रता, जो विह्वलता देखी थी, उसका यहां नाम भी न था। सन्तकुमार के प्रत्येक व्यवहार में संयम था, विधान था, सचेतना थी। इसलिए वह उनसे सतर्क रहती थी और उनके मनोरहस्यों को पढ़ने की चेष्टा करती थी। सन्तकुमार का संयम और विचारशीलता ही उसे अपनी जटिलता के कारण अपनी ओर खींचती थी। सन्तकुमार ने उसके सामने अपने को अनमेल विवाह के एक शिकार के रूप में पेश किया था। और उसे उनसे कुछ हमदर्दी हो गई थी। पुष्पा के रंग-रूप की उन्होंने इतनी प्रशंसा की थी, जितनी उनको अपने मतलब के लिए जरूरी मालूम हुई, मगर जिसका तिब्बी से कोई मुकाबला न था। उसने केवल पुष्पा के फूहड़पन, बेवकूफी, असहृदयता और निष्ठुरता की शिकायत की थी और तिब्बी पर इतना प्रभाव जमा लिया था कि वह पुष्पा को देख पाती तो सन्तकुमार का पक्ष लेकर उससे लड़ती।

एक दिन उसने सन्तकुमार से कहा– तुम उसे छोड़ क्यों नहीं देते?

सन्तकुमार ने हसरत के साथ कहा– छोड़ कैसे दूं मिस त्रिवेणी, समाज में रहकर समाज के कानून तो मानने ही पड़ेंगे। फिर पुष्पा का इसमें क्या कसूर है, उसने तो अपने आपको नहीं बनाया, ईश्वर ने या संस्कारों ने या परिस्थितियों ने जैसा बनाया वैसी बन गई।

–मुझे ऐसे आदमियों से जरा भी सहानुभूति नहीं जो ढोल को इसलिए पीटें कि वह गले पड़ गई है। मैं चाहती हूं वह ढोल को गले से निकालकर किसी खंदक में फेंक दें। मेरा बस चले तो मैं खुद उसे निकाल कर फेंक दूं।

सन्तकुमार ने अपना जादू चलते हुए देखकर मन में प्रसन्न होकर कहा– लेकिन उसकी क्या हालत होगी, यह तो सोचो।

तिब्बी अधीर होकर बोली– तुम्हें यह सोचने की जरूरत ही क्या है? अपने घर चली जाएगी या कोई काम करने लगेगी या अपने स्वभाव के किसी आदमी से विवाह कर लेगी।

सन्तकुमार ने कहकहा मारा– तिब्बी यथार्थ और कल्पना में भेद भी नहीं समझती, कितनी भोली है।

फीर उदारता के भाव से बोले– यह बड़ा टेढ़ा सवाल है कुमारी जी। समाज की नीति कहती है कि चाहे पुष्पा को देखकर रोज मेरा खून ही क्यों न जलता रहे और एक दिन मैं

इसी शोक में अपना गला क्यों न काट लूं, लेकिन उसे कुछ नहीं हो सकता, छोड़ना तो असंभव है केवल एक ही ऐसा आक्षेप है जिस पर मैं उसे छोड़ सकता हूं, यानी उसकी बेवफाई लेकिन पुष्पा में और चाहे जितने दोष हों यह दोष नहीं है।

संध्या हो गई थी। तिब्बी ने नौकर को बुलाकर बाग में गोल चबूतरे पर कुर्सियां रखने को कहा और बाहर निकल आई। नौकर ने कुर्सियां निकालकर रख दीं, और मानो वह काम समाप्त करके जाने को हुआ।

तिब्बी ने डांटकर कहा– कुर्सियां साफ क्यों नहीं कीं? देखता नहीं उन पर कितनी गर्द पड़ी हुई है। मैं तुझसे कितनी बार कह चुकी, मगर तुझे याद ही नहीं रहती बिना जुर्माना किए तुझे याद न आयेगी।

नौकर ने कुर्सियां पोंछ-पोंछ कर साफ कर दीं और फिर जाने को हुआ।

तिब्बी ने फिर डांटा– तू बार-बार भागता क्यों है? मेजें रख दीं, टी-टेबल क्यों नहीं लाया? चाय क्या तेरे सिर पर पिएंगे?

उसने बूढ़े नौकर के दोनो कान गर्मा दिये और धक्का देकर बोली– बिल्कुल गधा है, निरा पोंगा, जैसे दिमाग में गोबर भरा हुआ है।

बूढ़ा नौकर बहुत दिनों का था। स्वामिनी उसे बहुत मानती थीं उनके देहांत होने के बाद गोकि उसे कोई विशेष प्रलोभन न था, क्योंकि इससे एक-दो रुपया ज्यादा वेतन पर उसे नौकरी मिल सकती थी। पर स्वामिनी के प्रति उसे जो श्रध्दा थी। वह उसे इस घर से बांधे हुए थी। और यहां अनादर और अपमान सब कुछ सहकर भी वह चिपटा हुआ था। सब-जज साहब भी उसे डांटते रहते थे, पर उनके डांटने का उसे दुख न होता था। वह उम्र में उसके जोड़ के थे लेकिन त्रिवेणी को तो उसने गोद खिलाया था। अब वही तिब्बी उसे डांटती थी। और मारती भी थी। इससे उसके शरीर को जितनी चोट लगती थी उससे कहीं ज्यादा उसके आत्माभिमान को लगती थी। उसने केवल दो घरों में नौकरी की थी। दोनो ही घरों में लड़कियां भी थीं, बहुए भी थीं, सब उसका आदर करती थीं। बहुएं तो उससे लजाती थीं, अगर उससे कोई बात बिगड भी जाती तो मन में रख लेती थीं। उसकी स्वामिनी तो आदर्श महिला थी। उसे कभी कुछ न कहा, बाबू जी कभी कुछ कहते तो उसका पक्ष लेकर उनसे लड़ती थी। और यह लड़की बड़े-छोटे का जरा भी लिहाज नहीं करती। लोग कहते हैं पढ़ने से अक्ल आती है, यही है वह अक्ल उसके मन में विद्रोह का भाव उठा, क्यों यह अपमान

सहे ? जो लड़की उसकी अपनी लड़की से भी छोटी हो, उसके हाथों क्यों अपनी मूंछें नुचवाये ? असमर्थता में भी अभिमान होता है जो संचित धन के अभिमान से कम नहीं होता वह सम्मान और प्रतिष्ठा को अपना अधिकार समझता है, और उसकी जगह अपमान पाकर मर्माहत हो जाता है।

बूढ़े ने टी-टेबल लाकर रख दी, पर आंखों में विद्रोह भरे हुए था।

तिब्बी ने कहा– जाकर बैरा से कह दो, दो प्याले चाय दे जाय।

बूढ़ा चला गया और बैरा को यह हुक्म सुनाकर अपनी एकांत कुटी में जाकर खूब रोया। आज स्वामिनी होती तो उसका अनादर क्यों होता ?

बैरा ने चाय मेज पर रख दी। तिब्बी ने प्याली सन्तकुमार को दी और विनोद भाव से बोली– तो अब मालूम हुआ कि औरतें ही पतिव्रता नहीं होतीं, मर्द भी पत्नीव्रत वाले होते हैं।

सन्तकुमार ने एक घूंट पीकर कहा– कम-से-कम इसका स्वांग तो करते ही हैं।

–मैं इसे नैतिक दुर्बलता कहती हूं। जिससे प्यार करो, दिल से प्यारा करो, मैं विवाह को प्रेमबंधन के रूप में देख सकती हूं, धर्मबंधन या रिवाज बंधन तो मेरे लिए असह्य हो जाय।

–उस पर भी तो पुरुषों पर आक्षेप किये जाते हैं।

-तिब्बी चौंकी- यह जातिगत प्रश्न हुआ जा रहा है।

अब उसे अपनी जाति का पक्ष लेना पड़ेगा– तो क्या आप मुझसे यह मनवाना चाहते हैं कि सभी पुरुष देवता होते हैं, आप भी जो वफादारी कर रहे हैं, वह दिल से नहीं, केवल लोकनिंदा के भय से। मैं इसे वफादारी नहीं कहती। बिच्छू के डंक तोड़कर आप उसे बिल्कुल निरीह बना सकते हैं, लेकिन इससे बिच्छुओं का जहरीलापन तो नहीं जाता।

सन्तकुमार ने अपनी हार मानते हुए कहा– अगर मैं भी यही कहूं कि अधिकतर नारियों का पातिव्रत भी लोकनिंदा का भय है, तो आप क्या कहेंगी ?

तिब्बी ने प्याला मेज पर रखते हुए कहा– मैं इसे कभी न स्वीकार करूंगी।

–क्यों ?

–इसलिए कि मर्दों ने स्त्रियों के लिए और कोई आश्रय छोड़ा ही नहीं। पातिव्रत उनके अंदर इतना कूट-कूट कर भरा गया है कि अब अपना व्यक्तित्व रहा ही नहीं वह केवल पुरुष के आधार पर जी सकती है, उसका स्वतंत्र कोई अस्तित्व ही नहीं। बिन ब्याहा पुरुष चैन से

खाता है, विहार करता है और मूंछों पर ताव देता है। बिन ब्याही स्त्री रोती है, कलपती है और अपने को संसार का सबसे अभागा प्राणी समझती है। यह सारा मर्दों का अपराध है, आप भी पुष्पा को नहीं छोड़ रहे हैं, इसीलिए न कि आप पुरुष हैं जो कैदी को आजाद नहीं करना चाहता।

सन्तकुमार ने कातर स्वर में कहा– आप मेरे साथ बेइंसाफी करती हैं। मैं पुष्पा को इसलिए नहीं छोड़ रहा हूं कि मैं उसका जीवन नष्ट नहीं करना चाहता। अगर मैं आज उसे छोड़ दूं तो शायद औरों के साथ आप भी मेरा तिरस्कार करेंगी।

तिब्बी मुस्कराई- मेरी तरफ से आप निश्चिंत रहिए। मगर एक ही क्षण के बाद उसने चिंतित होकर कहा– लेकिन मैं आपकी कठिनाइयों का अनुमान कर सकती हूं।

–मुझे आपके मुंह से ये शब्द सुनकर कितना संतोष हुआ मैं वास्तव में आपकी दया का पात्र हूं और शायद कभी मुझे इसकी जरूरत पड़े।

-आपके ऊपर मुझे सचमुच दया आती है क्यों न एक दिन उनसे किसी तरह मेरी मुलाकात करा दीजिए शायद मैं उन्हे रास्ते पर ला सकूं।

सन्तकुमार ने ऐसा लंबा मुंह बनाया जैसे इस प्रस्ताव से उनके मर्म पर चोट लगी है।

–उनका रास्ते पर आना असंभव है मिस त्रिवेणी। वह उल्टे आप ही के ऊपर आक्षेप करेगी और आपके विषय में न जाने कैसी दुष्कल्पनाएं कर बैठेगी और मेरा तो घर में रहना मुश्किल हो जायेगा।

तिब्बी का साहसिक मन गर्म हो उठा– तब तो मैं उससे जरूर मिलूंगी।

–तो शायद आप यहां भी मेरे लिए दरवाजा बंद कर देंगी।

–ऐसा क्यों ?

–बहुत मुमकिन है वह आपकी साहनुभूति पा जाये और आप उसकी हिमायत करने लगें।

–तो क्या आप चाहते हैं मैं आपको एकतरफा डिग्री दे दूं।

–मैं केवल आपकी दया और हमदर्दी चाहता हूं। आपसे अपनी मनोव्यथा कहकर दिल का बोझ हल्का करना चाहता हूं। उसे मालूम हो जाय कि मैं आपके यहां आता-जाता हूं तो एक नया किस्सा खड़ा कर दे।

तिब्बी ने सीधे व्यंग्य किया– तो आप उससे इतना डरते क्यों हैं? डरना तो मुझे चाहिए।

सन्तकुमार ने और गहरे में जाकर कहा– मैं आपके लिए ही डरता हूं, अपने लिए नहीं।

तिब्बी निर्भयता से बोली– जी नहीं, आप मेरे लिए न डरिए।

–मेरे जीते जी, मेरे पीछे, आप पर कोई शुबहा हो यह मैं नहीं देख सकता।

–आपको मालूम है मुझे भावुकता पसंद नहीं।

–यह भावुकता नहीं, मन के सच्चे भाव हैं।

–मैंने सच्चे भाव वाले युवक बहुत कम देखे हैं।

–दुनिया में सभी तरह के लोग होते हैं।

–अधिकतर शिकारी किस्म के। स्त्रियों में तो वेश्याएं ही शिकारी होती हैं, पुरुषों में तो सिरे से सभी शिकारी होते हैं।

–जी नहीं, उनमें अपवाद भी बहुत हैं।

–स्त्री रूप नहीं देखती। पुरुष तो गिरेगा रूप पर इसीलिए उस पर भरोसा नहीं किया जा सकता। मेरे यहां कितने ही रूप के उपासक आते हैं, शायद इस वक्त भी कोई साहब आ रहे हों मैं रूपवती हूं, इसमें नम्रता का कोई प्रश्न नहीं मगर मैं नहीं चाहती कोई मुझे केवल रूप के लिए चाहे।

सन्तकुमार ने धड़कते हुए मन से कहा– आप उनमें मुझे तो शुमार नहीं करतीं ?

तिब्बी ने तत्परता के साथ कहा– आपको तो मैं अपने चाहने वालों में समझती ही नहीं।

सन्तकुमार ने माथा झुकाकर कहा– यह मेरा दुर्भाग्य है।

–आप दिल से नहीं कह रहे हैं, मुझे कुछ ऐसा लगता है कि आपका मन नहीं समझ पाती। आप उन आदमियों में हैं जो हमेशा रहस्य रहते हैं।

–यही तो मैं आपके विषय में सोचा करता हूं।

–मैं रहस्य नहीं हूं, मैं तो साफ कहती हूं। मैं ऐसे मनुष्य की खोज में हूं, जो मेरे हृदय में सोये हुए प्रेम को जगा दे। हां, वह बहुत नीचे गहराई में है और उसी को मिलेगा जो गहरे पानी में डूबना जानता हो। आपमें मैंने कभी उसके लिए बैचेनी नहीं पाई। मैंने अब तक जीवन का रोशन पहलू ही देखा है और उससे ऊब गई हूं, अब जीवन का अंधेरा पहलू देखना चाहती हूं जहां त्याग है, रूदन है, उत्सर्ग है, हो सकता है उस जीवन से मुझे बहुत

जल्द घृणा हो जाय, लेकिन मेरी आत्मा यह नहीं स्वीकार करना चाहती कि वह किसी ऊंचे ओहदे की गुलामी या कानूनी धोखेधड़ी या व्यापार के नाम से की जाने वाली लूट को अपने जीवन का आधार बनाए। श्रम और त्याग का जीवन ही मुझे तथ्य जान पड़ता है। आज जो समाज और देश की दूषित अवस्था है, उससे असहयोग करना मेरे लिए जुनून से कम नहीं है। मैं कभी-कभी अपने ही से घृणा करने लगती हूं। बाबू जी को एक हजार रूपये अपने छोटे-से परिवार के लिए लेने का क्या हक है और मुझे बिना काम-धंधे इतने आराम से रहने का क्या अधिकार है? मगर यह सब समझकर भी मुझमें कर्म करने की शक्ति नहीं है। इस भोग-विलास के जीवन ने मुझे भी कर्महीन बना डाला है और मेरे मिजाज में अमीरी कितनी है यह भी आपने देखा होगा। मेरे मुंह से बात निकलते ही अगर पूरी न हो जाय तो मैं बावली हो जाती हूं। बुध्दि का मन पर कोई नियंत्रण नहीं है जैसे शराबी बार-बार मना करने पर शराब नहीं छोड़ सकता, वही दशा मेरी है उसी की भांति मेरी इच्छाशक्ति बेजान हो गई है।

तिब्बी के प्रतिभावान मुख-मंडल पर प्राय: चंचलता झलकती रहती थी। उससे दिल की बात कहते संकोच होता, क्योंकि शंका होती थी कि वह सहानुभूति के साथ सुनने के बदले फब्तियां कसने लगेगी। पर इस वक्त ऐसा जान पड़ा उसकी आत्मा बोल रही है। उसकी आंखें आर्द्र हो गई थीं। मुख पर एक निश्चिंत नम्रता और कोमलता खिल उठी थी। सन्तकुमार ने देखा उनका संयम फिसलता जा रहा है जैसे किसी घायल ने बहुत देर के बाद दाता को सम्मुख पाया हो और अपना मतलब कह सुनाने के लिए अधीर हो गया हो।

बोला– कितनी ही बार बिल्कुल यही मेरे विचार हैं, मैं आपसे बहुत निकट हूं, जितना समझता था।

तिब्बी प्रसन्न होकर बोली– आपने मुझे कभी बताया नहीं।

–आप भी तो आज ही खुली हैं।

–मैं डरती हूं कि लोग यही कहेंगे आप इतनी शान से रहती हैं, और बातें ऐसी करती हैं। अगर कोई ऐसी तरकीब होती जिससे मेरी यह अमीराना आदतें छूट जातीं तो मैं उसे जरूर काम में लाती। इस विषय की आपके पास कुछ पुस्तकें हों तो मुझे दीजिए। मुझे आप अपनी शिष्या बना लीजिए।

सन्तकुमार ने रसिक भाव से कहा– मैं तो आपका शिष्य होने जा रहा था। और उसकी ओर मर्मभरी आंखों से देखा।

तिब्बी ने आंखें नीची नहीं कीं, उनका हाथ पकड़कर बोली– आप तो दिल्लगी करते हैं। मुझे ऐसा बना दीजिए कि मैं संकटों का सामना कर सकूं। मुझे बार-बार खटकता है अगर मैं स्त्री न होती तो मेरा मन इतना दुर्बल न होता।

और जैसे वह आज सन्तकुमार से कुछ भी छिपाना, कुछ भी बचाना नहीं चाहती। मानो वह जो आश्रय बहुत दिनों से ढूंढ रही थी, वह यकायक मिल गया है।

सन्तकुमार ने रुखाई भरे स्वर में कहा– स्त्रियां पुरुषों से ज्यादा दिलेर होती हैं मिस त्रिवेणी।

–अच्छा आपका मन नहीं चाहता कि बस हो तो संसार की सारी व्यवस्था बदल डालें ?

इस विशुध्द मन से निकले हुए प्रश्न का बनावटी जवाब देते हुए सन्तकुमार का हृदय कांप उठा।

–कुछ न पूछो बस आदमी एक आह खींचकर रह जाता है।

–मैं तो अक्सर रातों को यह प्रश्न सोचते-सोचते सो जाती हूं और वही स्वप्न देखती हूं। देखिए दुनिया वाले कितने खुदगर्ज हैं, जिस व्यवस्था से सारे समाज का उध्दार हो सकता है, वह थोड़े से आदमियों के स्वार्थ के कारण दबी पड़ी हुई है।

सन्तकुमार ने उतरे हुए मुख से कहा– उसका समय आ रहा है।

और उठ खडे हुए, यहां की वायु में उनका जैसे दम घुटने लगा था। उनका कपटी मन इस निष्कपट, सरल वातावरण में अपनी अधमता के ज्ञान से दबा जा रहा था जैसे किसी धर्मनिष्ठ मन में अधर्म विचार घुस तो गया हो, पर वह कोई आश्रय न पा रहा हो।

तिब्बी ने आग्रह किया– कुछ देर और बैठिए न।

–आज आज्ञा दीजिए, फिर कभी आऊंगा।

–कब आइएगा ?

–जल्द ही आऊंगा।

–काश, मैं आपका जीवन सुखी बना सकती।

सन्तकुमार बरामदे से कूदकर नीचे उतरे और तेजी से हाते के बाहर चले गए। तिब्बी बरामदे में खड़ी उन्हें अनुरक्त नेत्रों से देखती रही। वह कठोर थी, चंचल थी, दुर्लभ थी, रूपगर्विता थी, चतुर थी, किसी को कुछ समझती न थी, न कोई उसे प्रेम का स्वांग भरकर ठग सकता था, पर जैसे कितनी ही वेश्याओं में सारी आसक्तियों के बीच में भक्ति-भावना छिपी रहती है, उसी तरह उसके मन में भी सारे अविश्वास के बीच में कोमल, सहमा हुआ, विश्वास छिपा बैठा था। और उसे स्पर्श करने की कला जिसे आती हो, वह उसे बेवकूफ बना सकता था। उस कोमल भाग का स्पर्श होते ही वह सीधी-सादी, सरल विश्वासमयी, कातर बालिका बन जाती थी। आज इत्तेफाक से सन्तकुमार ने वह आसन पा लिया था। और अब वह जिस तरफ चाहे उसे ले जा सकता है, मानो वह मेस्मराइज हो गई थी। सन्तकुमार में उसे कोई दोष नहीं नजर आता। अभागिनी पुष्पा इस सत्यपुरुष का जीवन कैसा नष्ट किए डालती है। इन्हें तो ऐसी संगिनी चाहिए जो इन्हें प्रोत्साहित करे, हमेशा इनके पीछे-पीछे रहे। पुष्पा नहीं जानती वह इनके जीवन का राहु बनकर समाज का कितना अनिष्ट कर रही है और इतने पर भी सन्तकुमार का उसे गले बांधे रखना देवत्व से कम नहीं। उनकी वह कौन-सी सेवा करे, कैसे उनका जीवन सुखी करे?

सन्तकुमार यहां से चले तो उनका हृदय आकाश में था। इतनी जल्द देवी से उन्हें वरदान मिलेगा, इसकी उन्होंने आशा न की थी। कुछ तकदीर ने ही जोर मारा, नहीं तो जो युवती अच्छे-अच्छों को डफलियों पर नचाती है, उन पर क्यों इतनी भक्ति करती? अब उन्हें विलंब न करना चाहिए। कौन जाने कब तिब्बी विरुध्द हो जाय और यह दो ही चार मुलाकातों में होने वाला है। तिब्बी उन्हें कार्य-क्षेत्र में आगे बढ़ने की प्रेरणा करेगी और वह पीछे हटेंगे वहीं मतभेद हो जाएगा। यहां से वह सीधे मि. सिन्हा के घर पहुंचे शाम हो गई थी। कोहरा पड़ना शुरू हो गया था। मि. सिन्हा सजे-सजाए कहीं जाने को तैयार खड़े थे, इन्हें देखते ही पूछा-

–किधर से?

–वहीं से आज तो रंग जम गया।

–सच।

–हां जी, उस पर तो जैसे मैंने जादू की लकड़ी गेर दी हो।

–फिर क्या, बाजी मार ली है अपने फादर से आज ही जिक्र छेड़ो।

–आपको भी मेरे साथ चलना पड़ेगा।

–हां-हां, मैं तो चलूंगा ही मगर तुम तो बड़े खुशनसीब निकले। यह मिस कामत तो मुझसे सचमुच आशिकी कराना चाहती है, मैं तो स्वांग रचता हूं और वह समझती है, मैं उसका सच्चा प्रेमी हूं। जरा आजकल उसे देखो, मारे गरूर के जमीन पर पांव ही नहीं रखती। मगर एक बात है औरत समझदार है, उसे बराबर यह चिंता रहती है मैं उसके हाथ से निकल न जाऊं, इसलिए मेरी बड़ी खातिरदारी करती है और बनाव-सिंगार से कुदरत की कमी जितनी पूरी हो सकती है उतनी करती है और अगर कोई अच्छी रकम मिल जाय तो शादी कर लेने ही में क्या हरज है।

सन्तकुमार को आश्चर्य हुआ– तुम तो उसकी सूरत से बेजार थे?

–हां, अब भी हूं, लेकिन रुपये की जो शर्त है, डाक्टर साहब बीस-पच्चीस हजार मेरी नजर कर दें, शादी कर लूं शादी कर लेने से मैं उसके हाथ में बिका तो नहीं जाता?

दूसरे दिन दोनों मित्रों ने देवकुमार के सामने सारे मंसूबे रख दिए। देवकुमार को एक क्षण तक तो अपने कानों पर विश्वास न हुआ। उन्होंने स्वच्छंद, निर्भीक, निष्कपट जिंदगी व्यतीत की थी। कलाकारों में एक तरह का जो आत्माभिमान होता है, उसने सदैव उनको बढ़ावा दिया था। उन्होंने तकलीफें उठाई थीं, फांके भी किए थे, अपमान सहे थे, लेकिन कभी अपनी आत्मा को कलुषित न किया था। जिंदगी में कभी अदालत के द्वार तक ही नहीं गए बोले– मुझे खेद होता है कि तुम मुझसे यह प्रस्ताव कैसे कर सके और इससे ज्यादा दुख इस बात का है कि ऐसी कुटिल चाल तुम्हारे मन में आई क्योंकर?

सन्तकुमार ने निस्संकोच भाव से कहा– जरूरत सब कुछ सिखा देती है। स्वरक्षा प्रकृति का पहला नियम है, वह जायदाद जो आपने बीस हजार में दे दी, आज दो लाख से कम की नहीं है।

–वह दो लाख की नहीं, दस लाख की हो मेरे लिए वह आत्मा को बेचने का प्रश्न है। मैं थोड़े से रुपयों के लिए अपनी आत्मा नहीं बेच सकता।

दोनों मित्रों ने एक-दूसरे की ओर देखा और मुस्कराए– कितनी पुरानी दलील है और कितनी लचर आत्मा जैसी चीज है कहां? और जब सारा संसार धोखेधड़ी पर चल रहा है तो आत्मा कहां रही? अगर सौ रुपये कर्ज देकर एक हजार वसूल करना अधर्म नहीं है,

अगर एक लाख नीमजान, फाकेकश मजदूरों की कमाई पर एक सेठ का चैन करना अधर्म नहीं है, तो एक पुरानी कागजी कार्रवाई को रद कराने का प्रयत्न क्यों अधर्म हो?

सन्तकुमार ने तीखे स्वर में कहा– अगर आप इसे आत्मा का बेचना कहते हैं, तो बेचना पड़ेगा। इसके सिवा दूसरा उपाय नहीं है और आप इस दृष्टि से इस मामले को देखते ही क्यों हैं? धर्म वह है जिससे समाज का हित हो, अधर्म वह है जिससे समाज का अहित हो। इससे समाज का कौन-सा अहित हो जायगा, यह आप बता सकते हैं?

देवकुमार ने सतर्क होकर कहा– समाज अपनी मर्यादाओं पर टिका हुआ है, उन मर्यादाओं को तोड़ दो और समाज का अंत हो जाएगा।

दोनों तरफ से शास्त्रार्थ होने लगे देवकुमार मर्यादाओं और सिध्दांतों और धर्म-बंधनों की आड़ ले रहे थे, पर इन दोनों नौजवानों की दलीलों के सामने उनकी एक न चलती थी। वह अपनी सफेद दाढ़ी पर हाथ फेर-फेरकर और खल्वाट सिर खुजा-खुजा कर जो प्रमाण देते थे, उसको यह दोनों युवक चुटकी बजाते चून डालते थे, धुनककर उड़ा देते थे।

सिन्हा ने निर्दयता के साथ कहा– बाबूजी, आप न जाने किस जमाने की बातें कर रहे हैं? कानून से हम जितना फायदा उठा सकें, हमें उठाना चाहिए उन दफों का मंशा ही यह है कि उनसे फायदा उठाया जाय। अभी आपने देखा जमींदारों की जान महाजनों से बचाने के लिए सरकार ने कानून बना दिया है और कितनी मिल्कियतें जमींदारों को वापस मिल गईं। क्या आप इसे अधर्म कहेंगे? व्यावहारिकता का अर्थ यही है कि हम जिन कानूनी साधनों से अपना काम निकाल सकें, निकालें मुझे कुछ लेना-देना नहीं, न मेरा कोई स्वार्थ है। सन्तकुमार मेरे मित्र हैं और इसी वास्ते मैं आपसे यह निवेदन कर रहा हूं मानें या न मानें, आपको अख्तियार है।

देवकुमार ने लाचार होकर कहा– तो आखिर तुम लोग मुझे क्या करने को कहते हो?

–कुछ नहीं, केवल इतना ही कि हम जो कुछ करें, आप उसके विरुध्द कोई कार्रवाई न करें।

मैं सत्य की हत्या होते नहीं देख सकता।

सन्तकुमार ने आंखें निकाल कर उत्तेजित स्वर में कहा– तो फिर आपको मेरी हत्या देखनी पड़ेगी।

सिन्हा ने सन्तकुमार को डांटा– क्या फजूल की बातें करते हो सन्तकुमार बाबू जी को दो-चार दिन सोचने का मौका दो। तुम अभी किसी बच्चे के बाप नहीं हो तुम क्या जानो बाप को बेटा कितना प्यारा होता है। वह अभी कितना ही विरोध करें, लेकिन जब नालिश दायर हो जायगी तो देखना वह क्या करते हैं। हमारा दावा यही होगा कि जिस वक्त आपने यह बैनामा लिखा, आपके होश-हवास ठीक न थे और अब भी आपको कभी-कभी जुनून का दौरा हो जाता है। हिन्दुस्तान जैसे मुल्क में यह मरज बहुतों को होता है, और आपको भी हो गया तो कोई आश्चर्य नहीं, हम सिविल सर्जन से इसकी तसदीक करा देंगे।

देवकुमार ने हिकारत के साथ कहा– मेरे जीते-जी यह धांधली नहीं हो सकती, हरगिज नहीं। मैंने जो कुछ किया सोच-समझकर और परिस्थितियों के दबाव से किया। मुझे उसका बिल्कुल अफसोस नहीं है, अगर तुमने इस तरह का कोई दावा किया तो उसका सबसे बड़ा विरोध मेरी ओर से होगा, मैं कहे देता हूं।

और वह आवेश में आकर कमरे में टहलने लगे।

सन्तकुमार ने भी खड़े होकर धमकाते हुए कहा– तो मेरा भी आपको चेलेंज है या तो आप अपने धर्म ही की रक्षा करेंगे या मेरी, आप फिर मेरी सूरत न देखेंगे।

–मुझे अपना धर्म, पत्नी और पुत्र से प्यारा है।

सिन्हा ने सन्तकुमार को आदेश किया– तुम आज दर्खास्त दे दो कि आपके होश-हवास में फर्क आ गया और मालूम नहीं आप क्या कर बैठें। आपको हिरासत में ले लिया जाय।

देवकुमार ने मुट्ठी तानकर क्रोध के आवेश में पूछा– मैं पागल हूं?

–जी हां, आप पागल हैं। आपके होश बजा नहीं हैं, ऐसी बातें पागल ही किया करते हैं। पागल वही नहीं है जो किसी को काटने दौड़े आम आदमी जो व्यवहार करते हैं उसके विरुध्द व्यवहार करना भी पागलपन है।

–तुम दोनों खुद पागल हो।

–इसका फैसला तो डॉक्टर करेगा।

–मैंने बीसों पुस्तकें लिख डालीं, हजारों व्याख्यान दे डाले, यह पागलों का काम है।

–जी हां, यह पक्के सिरफिरों का काम है। कल ही आप इस घर में रस्सियों से बांध लिये जायंगे।

–तुम मेरे घर से निकल जाओ नहीं तो मैं गोली मार दूंगा।

–बिल्कुल पागलों की-सी धमकी सन्तकुमार उस दरख्रास्त में यह भी लिख देना कि आपकी बंदूक छीन ली जाय, वरना जान का खतरा है।

और दोनों मित्र उठ खड़े हुए। देवकुमार कभी कानून के जाल में न फंसे थे। प्रकाशकों और बुकसेलरों ने उन्हें बारहा धोखे दिए, मगर उन्होंने कभी कानून की शरण न ली, उनके जीवन की नीति थी–आप भला तो जग भला और उन्होंने हमेशा इस नीति का पालन किया था। मगर वह दब्बू या डरपोक न थे खासकर सिध्दांत के मुआमले में तो वह समझौता करना जानते ही न थे। वह इस षडयंत्र में कभी शरीक न होंगे, चाहे इधर की दुनिया उधर हो जाय मगर क्या यह सब सचमुच उन्हें पागल साबित कर देंगे? जिस दृढ़ता से सिन्हा ने धमकी दी थी, वह उपेक्षा के योग्य न थी। उसकी ध्वनि से तो ऐसा मालूम होता था कि वह इस तरह के दांवपेच में अभ्यस्त है और शायद डॉक्टरों को मिलाकर सचमुच उन्हें सनकी साबित कर दे। उनका आत्माभिमान गरज उठा– नहीं, वह असत्य की शरण न लेंगे चाहे इसके लिए उन्हें कुछ भी सहना पड़े। डॉक्टर भी क्या अंधा है- उनसे कुछ पूछेगा, कुछ बातचीत करेगा या यूं ही कलम उठाकर उन्हें पागल लिख देगा। मगर कहीं ऐसा तो नहीं है कि उनके होश-हवास में फितूर पड़ गया हो। वह भी इन छोकरों की बातों में आए जाते हैं, उन्हें अपने व्यवहार में कोई अंतर नहीं दिखाई देता। उनकी बुध्दि सूर्य के प्रकाश की भांति निर्मल है, कभी नहीं वह इन लौंडों के धौंस में न आयेंगे।

लेकिन यह विचार उनके हृदय को मथ रहा था कि सन्तकुमार की यह मनोवृत्ति कैसे हो गई, उन्हें अपने पिता की याद आती थी। वह कितने सौम्य, कितने सत्यनिष्ठ थे। उनके ससुर वकील जरूर थे, पर कितने धर्मात्मा पुरुष थे। अकेले कमाते थे और सारी गृहस्थी का पालन करते थे। पांच भाइयों और उनके बाल-बच्चों का बोझा खुद उठाये हुए थे, क्या मजाल कि अपने बेटे-बेटियों के साथ उन्होंने किसी तरह का पक्षपात किया हो। जब तक बड़े भाई को भोजन न करा लें, खुद न खाते थे। ऐसे खानदान में सन्तकुमार जैसा दगाबाज कहां से धंस पड़ा? उन्हें कभी ऐसी कोई बात याद न आती थी, जब उन्होंने अपनी नीयत बिगाड़ी हो।

लेकिन यह बदनामी कैसे सही जायगी, वह अपने ही घर में जब जागृति न ला सके, तो एक प्रकार से उनका सारा जीवन नष्ट हो गया। जो लोग उनके निकटतम संसर्ग में थे, जब

उन्हें वह आदमी न बना सके तो जीवन-पर्यन्त की साहित्य-सेवा से किसका कल्याण हुआ? और जब यह मुकदमा दायर होगा उस वक्त वह किसे मुंह दिखा सकेंगे? उन्होंने धन न कमाया, पर यश तो संचय किया ही। क्या वह भी उनके हाथ से छिन जायगा? उनको अपने संतोष के लिए इतना भी न मिलेगा, ऐसी आत्मवेदना उन्हें कभी न हुई थी।

शैव्या से कहकर वह उसे भी क्यों दुखी करें- उसके कोमल हृदय को क्यों चोट पहुंचावें? वह सब कुछ खुद झेल लेंगे और दुखी होने की बात भी क्यों हो? जीवन तो अनुभूतियों का नाम है, यह भी एक अनुभव होगा जरा इसकी भी सैर कर लें।

यह भाव आते ही उनका मन हल्का हो गया। घर में जाकर पंकजा से चाय बनाने को कहा।

शैव्या ने पूछा– सन्तकुमार क्या कहता था?

उन्होंने सहज मुस्कान के साथ कहा– कुछ नहीं, वही पुराना खत।

–तुमने तो हामी नहीं भरी न?

देवकुमार स्त्री से एकात्मता का अनुभव करके बोले– कभी नहीं।

–न जाने इसके सिर यह भूत कैसे सवार हो गया?

–सामाजिक संस्कार हैं और क्या।

–इसके यह संस्कार क्यों ऐसे हो गए? साधु भी तो है, पंकज भी तो है, दुनिया में क्या धर्म ही नहीं?

–मगर कसरत ऐसे ही आदमियों की है, यह समझ लो।

उस दिन से देवकुमार ने सैर करने जाना छोड़ दिया। दिन-रात घर में मुंह छिपाए बैठे रहते जैसे सारा कलंक उनके माथे पर लगा हो। नगर और प्रांत के सभी प्रतिष्ठित, विचारवान आदमियों से उनका दोस्ताना था, सब उनकी सज्जनता का आदर करते थे मानो वह मुकदमा दायर होने पर भी शायद कुछ न कहेंगे लेकिन उनके अंतर में जैसे चोर-सा बैठा हुआ था। वह अपने अहंकार में अपने को आत्मीयों की भलाई-बुराई का जिम्मेदार समझते थे। पिछले दिनों जब सूर्यग्रहण के अवसर पर साधुकुमार ने बढ़ी हुई नदी में कूदकर एक डूबते हुए आदमी की जान बचाई थी, उस वक्त उन्हें उससे कहीं ज्यादा खुशी हुई थी। जितनी खुद सारा यश पाने से होती, उनकी आंखों में आंसू भर आए थे, ऐसा लगा था मानो

उनका मस्तक कुछ ऊंचा हो गया है, मानो मुख पर तेज आ गया है। वही लोग जब सन्तकुमार की चितकबरी आलोचना करेंगे, तो वह कैसे सुनेंगे?

इस तरह एक महीना गुजर गया और सन्तकुमार ने मुकदमा दायर न किया। उधर सिविल सर्जन को गांठना था, इधर मि. मलिक को शहादतें भी तैयार करनी थीं। इन्हीं तैयारियों में सारा दिन गुजर जाता था। और रुपये का इंतजाम भी करना ही था। देवकुमार सहयोग करते तो यह सबसे बड़ी बाधा हट जाती। पर उनके विरोध ने समस्या को और जटिल कर दिया था। सन्तकुमार कभी-कभी निराश हो जाता, कुछ समझ में न आता क्या करे। दोनों मित्र देवकुमार पर दांत पीस-पीसकर रह जाते।

सन्तकुमार कहता– जी चाहता है इन्हें गोली मार दूं। मैं इन्हें अपना बाप नहीं, शत्रु समझता हूं।

सिन्हा समझाता– मेरे दिल में तो भई, उनकी इज्जत होती है। अपने स्वार्थ के लिए आदमी नीचे से नीचा काम कर बैठता है, पर त्यागियों और सत्यवादियों का आदर तो दिल में होता ही है। न जाने तुम्हें उन पर कैसे गुस्सा आता है, जो व्यक्ति सत्य के लिए बड़े से बड़ा कष्ट सहने को तैयार हो, वह पूजने के लायक है।

–ऐसी बातों से मेरा जी न जलाओ सिन्हा। तुम चाहते तो वह हजरत अब तक पागलखाने में होते मैं न जानता था। तुम इतने भावुक हो।

–उन्हें पागलखाने भेजना इतना आसान नहीं जितना तुम समझते हो और इसकी कोई जरूरत भी तो नहीं। हम यह साबित करना चाहते हैं कि जिस वक्त बैनामा हुआ वह अपने होश-हवास में न थे। इसके लिए शहादतों की जरूरत है, वह अब भी उसी दशा में हैं इसे साबित करने के लिए डॉक्टर चाहिए और मि. कामत भी यह लिखने का साहस नहीं रखते।

पं. देवकुमार को धमकियों से झुकाना तो असंभव था। मगर तर्क के सामने उनकी गर्दन आप-ही-आप झुक जाती थी। इन दिनों वह यही सोचते रहते थे कि संसार की कुव्यवस्था क्यों हैं? कर्म और संस्कार का आश्रय लेकर वह कहीं न पहुंच पाते थे। सर्वात्मवाद से भी उनकी गुत्थी न सुलझती थी। अगर सारा विश्व एकात्म है, तो फिर यह भेद क्यों है? क्यों एक आदमी जिंदगी भर बड़ी-से-बड़ी मेहनत करके भी भूखों मरता है और दूसरा आदमी हाथ-पांव न हिलाने पर भी फूलों की सेज पर सोता है। यह सर्वात्म है या घोर अनात्म? बुद्धि जवाब देती– यहां सभी स्वाधीन हैं, सभी को अपनी शक्ति और साधना के हिसाब से

उन्नति करने का अवसर है, मगर शंका पूछती– सबको समान अवसर कहां है? बाजार लगा हुआ है जो चाहे वहां से अपनी इच्छा की चीज खरीद सकता है, मगर खरीदेगा तो वही जिसके पास पैसे हैं और जब सबके पास पैसे नहीं हैं, तो सबका बराबर का अधिकार कैसे माना जाय? इस तरह का आत्ममंथन उनके जीवन में कभी न हुआ था। उनकी साहित्यिक बुधि ऐसी व्यवस्था से संतुष्ट तो हो ही न सकती थी, पर उनके सामने ऐसी कोई गुत्थी न पड़ी थी जो इस प्रश्न को वैयक्तिक अंत तक ले जाती। इस वक्त उनकी दशा उस आदमी की-सी थी जो रोज मार्ग में ईंटें पड़े देखता है और बचकर निकल जाता है। रात को कितने लोगों को ठोकर लगती होगी, कितनों के हाथ-पैर टूटते होंगे, इसका ध्यान उसे नहीं आता। मगर एक दिन जब वह खुद रात को ठोकर खाकर अपने घुटने फोड़ लेता है, तो उसकी निवारण-शक्ति हठ करने लगती है और वह उस सारे ढेर को मार्ग से हटाने पर तैयार हो जाता है। देवकुमार को वही ठोकर लगी थी। कहां है न्याय? कहां हैं? एक गरीब आदमी किसी खेत से बालें नोचकर खा लेता है, कानून उसे सजा देता है, दूसरा अमीर आदमी दिन-दहाड़े दूसरों को लूटता है और उसे पदवी मिलती है, सम्मान मिलता है। कुछ आदमी तरह-तरह के हथियार बांधकर आते हैं और निरीह, दुर्बल मजदूरों पर आतंक जमाकर अपना गुलाम बना लेते हैं। लगान और टैक्स और महसूल और कितने ही नामों से उसे लूटना शुरू करते हैं, और आप लंबा-लंबा वेतन उड़ाते हैं, शिकार खेलते हैं, नाचते हैं, रंग-रलियां मनाते हैं, यही है ईश्वर का रचा हुआ संसार? यही न्याय है?

हां, देवता हमेशा रहेंगे और हमेशा रहे हैं। उन्हें अब भी संसार, धर्म और नीति पर चलता हुआ नजर आता है। वे अपने जीवन की आहुति देकर संसार से विदा हो जाते हैं लेकिन उन्हें देवता क्यों कहो? कायर कहो, स्वार्थी कहो, आत्मसेवी कहो। देवता वह है जो न्याय की रक्षा करे और उसके लिए प्राण दे। देव अगर वह जानकर अनजान बनता है तो धर्म से गिरता है। अगर उसकी आंखों में यह कुव्यवस्था खटकती ही नहीं तो वह अंधा भी है और मूर्ख भी, देवता किसी तरह नहीं और यहां देवता बनने की जरूरत भी नहीं। देवताओं ने ही भाग्य और ईश्वर और भक्ति की मिथ्याएं फैलाकर इस अनीति को अमर बनाया है। मनुष्य ने अब तक इसका अंत कर दिया होता या समाज का ही अंत कर दिया होता जो इस दशा में जिंदा रहने से कहीं अच्छा होता। नहीं, मनुष्यों में मनुष्य बनना पड़ेगा, दरिंदों के बीच में उनसे लड़ने के लिए हथियार बांधना पड़ेगा, उनके पंजों का शिकार बनना देवतापन नहीं, जड़ता है। आज जो इतने ताल्लुकेदार और राजे हैं, वह अपने पूर्वजों की लूट का ही आनंद

तो उठा रहे हैं और क्या उन्होंने वह जायदाद बेच कर पागलपन नहीं किया? पितरों को पिंड देने के लिए गया जाकर पिंड देना और यहां आकर हजारों रुपये खर्च करना क्या जरूरी था? और रातों को मित्रों के साथ मुजरे सुनना, और नाटक-मंडली खोलकर हजारों रुपये उसमें डुबाना अनिवार्य था? वह अवश्य पागलपन था। उन्हें क्यों अपने बाल-बच्चों की चिन्ता नहीं हुई? अगर उन्हें मूर्ति की संपत्ति मिली और उन्होंने उड़ाया तो उनके लड़के क्यों न मूर्ति की संपत्ति भोगें? अगर वह जवानी की उमंगों को नहीं रोक सके तो उनके लड़के क्यों तपस्या करें?

और अंत में उनकी शंकाओं को इस धारणा से तस्कीन हुई कि इस अनीति भरे संसार में धर्म-अधर्म का विचार गलत है, आत्मघात है और जुआ खेलकर या दूसरों के लोभ और आसक्ति से फायदा उठाकर संपत्ति खड़ी करना उतना ही बुरा या अच्छा है जितना कानूनी दांव-पेच से। बेशक, वह महाजन के बीस हजार के कर्जदार हैं। नीति कहती है कि उस जायदाद को बेचकर उसके बीस हजार दे दिये जायें बाकी उन्हें मिल जाय। अगर कानून कर्जदारों के साथ इतना न्याय भी नहीं करता तो कर्जदार भी कानून में जितनी खींचतान हो सके करके महाजन से अपनी जायदाद वापस लेने की चेष्टा करने में किसी अधर्म का दोषी नहीं ठहर सकता। इस निष्कर्ष पर उन्होंने शास्त्र और नीति के हरेक पहलू से विचार किया और वह उनके मन में जम गया। अब किसी तरह नहीं हिल सकता और यद्यपि इससे उनके चिर-संचित संस्कारों को आघात लगता था, पर वह ऐसे प्रसन्न और फूले हुए थे मानो उन्हें कोई नया जीवन मंत्र मिल गया हो।

एक दिन उन्होंने सेठ गिरधर दास के पास जाकर साफ-साफ कह दिया– अगर आप मेरी जायदाद वापस न करेंगे तो मेरे लड़के आपके ऊपर दावा करेंगे।

गिरधर दास नये जमाने के आदमी थे, अंग्रेजी में कुशल, कानून में चतुर, राजनीति में भाग लेने वाले, कंपनियों में हिस्से लेते थे, और बाजार अच्छा देखकर बेच देते थे, एक शक्कर का मिल खुद चलाते थे। सारा कारोबार अंग्रेजी ढंग से करते थे। उनके पिता सेठ मक्कूलाल भी यही सब करते थे, पर पूजा-पाठ, दान-दक्षिणा से प्रायश्चित्त करते रहते थे, गिरधर दास पक्के जड़वादी थे, हरेक काम व्यापार के कायदे से करते थे। कर्मचारियों का वेतन पहली तारीख को देते थे, मगर बीच में किसी को जरूरत पड़े तो सूद पर रुपए देते थे। मक्कूलाल जी साल साल भर वेतन न देते थे, पर कर्मचारियों को बराबर पेशगी देते

रहते थे। हिसाब होने पर उनको कुछ देने के बदले कुछ मिल जाता था। मक्कूलाल साल में दो-चार बार अफसरों को सलाम करने जाते थे, डालियां देते थे, जूते उतार कर कमरे में जाते थे और हाथ बांधे खड़े रहते थे। चलते वक्त आदमियों को दो-चार रुपए इनाम दे आते थे। गिरधर दास म्युनिसिपल कमिशनर थे, सूट-बूट पहन कर अफसरों के पास जाते थे और बराबरी का व्यवहार करते थे, और आदमियों के साथ केवल इतनी रिआयत करते थे कि त्योहारों में त्योहारी दे देते थे। वह भी खूब खुशामद करा के अपने हकों के लिए लड़ना और आंदोलन करना जानते थे, मगर उन्हें ठगना असंभव था।

देवकुमार का यह कथन सुनकर चकरा गये। उनकी बड़ी इज्जत करते थे, उनकी कई पुस्तकें पढ़ी थीं, और उनकी रचनाओं का पूरा सेट उनके पुस्तकालय में था। हिंदी भाषा के प्रेमी थे और नागरी-प्रचार सभा को कई बार अच्छी रकमें दान दे चुके थे। पंडा-पुजारियों के नाम से चिढ़ते थे, दूषित दान प्रथा पर एक पैम्फ्लेट भी छपवाया था। लिबरल विचारों के लिए नगर में उनकी ख्याति थी। मक्कूलाल मारे मोटापे के जगह से हिल न सकते थे, गिरधर दास गठीले आदमी थे और नगर-व्यायामशाला के प्रधान ही न थे, अच्छे शहसवार और निशानेबाज थे।

एक क्षण तो वह देवकुमार के मुंह की ओर देखते रहे। उनका आशय क्या है, यह समझ में ही न आया। फिर ख्याल आया बेचारे आर्थिक संकट में होंगे, इससे बुध्दि भ्रष्ट हो गई है, बेतुकी बातें कर रहे हैं। देवकुमार के मुख पर विजय का गर्व देखकर उनका यह ख़याल और मजबूत हो गया।

सुनहरी ऐनक उतारकर मेज पर रखकर विनोद भाव से बोले– कहिए, घर में तो सब कुशल तो है?

देवकुमार ने विद्रोह के भाव से कहा– जी हां, सब आपकी कृपा है।

–बड़ा लड़का तो वकालत कर रहा है न?

–जी हां।

–मगर चलती न होगी और आप की पुस्तकें भी आजकल कम बिकती होंगी। यह देश का दुर्भाग्य है कि आप जैसे सरस्वती के पुत्रों का यह अनादर। आप यूरोप में होते तो आज लाखों के स्वामी होते।

–आप जानते हैं, मैं लक्ष्मी के उपासकों में नहीं हूं।

-धन-संकट में तो होंगे ही। मुझ से जो कुछ सेवा आप कहें, उसके लिए तैयार हूं, मुझे तो गर्व है कि आप जैसे प्रतिभाशाली पुरुष से मेरा परिचय है। आप की कुछ सेवा करना मेरे लिए गौरव की बात होगी।

देवकुमार ऐसे अवसरों पर नम्रता के पुतले बन जाते थे। भक्ति और प्रशंसा देकर कोई उनका सर्वस्व ले सकता था। एक लखपती आदमी और वह भी साहित्य का प्रेमी जब उनका इतना सम्मान करता है, तो उससे जायदाद या लेन-देन की बात करना उन्हें लज्जाजनक मालूम हुआ, बोले— आप की उदारता है, जो मुझे इस योग्य समझते हैं।

-मैं समझा नहीं आप किस जायदाद की बात कह रहे थे?

देवकुमार सकुचाते हुए बोले— अजी वही, जो सेठ मक्कूलाल ने मुझसे लिखाई थी।

-अच्छा तो उसके विषय में कोई नयी बात है?

-उसी मामले में लड़के आपके ऊपर कोई दावा करने वाले हैं। मैंने बहुत समझाया, मगर मानते नहीं, आपके पास इसीलिए आया था कि कुछ ले-देकर समझौता कर लीजिए, मामला अदालत में क्यों जाय? नाहक दोनों परेशान होंगे।

गिरधर दास का जहीन, मुरौवतदार चेहरा कठोर हो गया। जिन महाजनी नखों को उन्होंने भद्रता की नर्म गठरी में छिपा रखा था, वह यह खटका पाते ही पैने और उग्र होकर बाहर निकल आये।

क्रोध को दबाते हुए बोले— आपको मुझे समझाने के लिए यहां आने की तकलीफ उठाने की कोई जरूरत न थी। उन लडकों ही को समझाना चाहिए था।

-उन्हें तो मैं समझा चुका।

-तो जाकर शांत बैठिए मैं अपने हकों के लिए लड़ना जानता हूं। अगर उन लोगों के दिमाग में कानून की गर्मी का असर हो गया है, तो उसकी दवा मेरे पास है।

अब देवकुमार की साहित्यिक नम्रता भी अविचलित न रह सकी। जैसे लड़ाई का पैगाम स्वीकार करते हुए बोले— मगर आपको मालूम होना चाहिए वह मिल्कियत आज दो लाख से कम की नहीं है।

-दो लाख नहीं, दस लाख की हो, आपसे सरोकार नहीं।

-आपने मुझे बीस हजार ही तो दिये थे।

–आपको इतना कानून तो मालूम ही होगा, हालांकि कभी आप अदालत में नहीं गए, कि जो चीज बिक जाती है वह कानूनन किसी दाम पर भी वापस नहीं की जाती। अगर इस नये कायदे को मान लिया जाय तो इस शहर में महाजन न नजर आयें।

कुछ देर तक सवाल-जवाब होता रहा और लड़ने वाले कुत्तों की तरह दोनों भले आदमी गुर्राते, दांत निकालते, खौंखियाते रहे। आखिर दोनों लड़ ही गए।

गिरधर दास ने प्रचंड होकर कहा– मुझे आपसे ऐसी आशा नहीं थी।

देवकुमार ने भी छड़ी उठाकर कहा– मुझे भी न मालूम था कि आपके स्वार्थ का पेट इतना गहरा है।

–आप अपना सर्वनाश करने जा रहे हैं।

–कुछ परवाह नहीं।

देवकुमार वहां से चले तो माघ की उस अंधेरी रात की निर्दय ठंड में भी उन्हें पसीना हो रहा था। विजय का ऐसा गर्व अपने जीवन में उन्हें कभी न हुआ था। उन्होंने तर्क में तो बहुतों पर विजय पाई थी। यह विजय थी जीवन में एक नई प्रेरणा, एक नई शक्ति का उदय।

उसी रात को सिन्हा और सन्तकुमार ने एक बार फिर देवकुमार पर जोर डालने का निश्चय किया। दोनों आकर खड़े ही थे कि देवकुमार ने प्रोत्साहन भरे हुए भाव से कहा– तुम लोगों ने अभी तक मुआमला दायर नहीं किया नाहक क्यों देर कर रहे हो?

सन्तकुमार के सूखे हुए निराश मन में उल्लास की आंधी-सी आ गई। क्या सचमुच कहीं ईश्वर है जिस पर उसे कभी विश्वास नहीं हुआ? जरूर कोई दैवी शक्ति है, भीख मांगने आए थे, वरदान मिल गया।

बोला– आप ही की अनुमति का इंतजार था।

–मैं बड़ी खुशी से अनुमति देता हूं, मेरे आशीर्वाद तुम्हारे साथ हैं।

उन्होंने गिरधर दास से जो बातें हुई वह कह सुनाई।

सिन्हा ने नाक फुलाकर कहा– जब आपकी दुआ है, तो हमारी जीत तय है। उन्हें अपने धन का घमंड होगा, मगर यहां भी कच्ची गोलियां नहीं खेली हैं।

सन्तकुमार ऐसा खुश था। गोया आधी मंजिल तय हो गई बोला– आपने खूब उचित जवाब दिया।

सिन्हा ने तनी हुई ढोल की-सी आवाज में चोट मारी– ऐसे-ऐसे सेठों को डफलियों पर नचाते हैं यहां।

सन्तकुमार स्वप्न देखने लगे– यहीं हम दोनो के बंगले बनेंगे दोस्त।

–यहां क्यों, सिविल लाइन्स में बनवायेंगे।

–अंदाज से कितने दिन में फैसला हो जायगा ?

–छ: महीने के अंदर।

–बाबू जी के नाम से सरस्वती मंदिर बनवायेंगे।

मगर समस्या थी, रुपये कहां से आवें। देवकुमार निस्पृह आदमी थे। धन की कभी उपासना नहीं की, कभी इतना ज्यादा मिला ही नहीं कि संचय करते। किसी महीने में पचास जमा होते, तो दूसरे महीने में खर्च हो जाते। अपनी सारी पुस्तकों का कॉपीराइट बेचकर उन्हें पांच हजार मिले थे। वह उन्होंने पंकजा के विवाह के लिए रख दिए थे। अब ऐसी कोई सूरत नहीं थी। जहां से कोई बड़ी रकम मिलती। उन्होंने समझा था सन्तकुमार घर का खर्च उठा लेगा और वह कुछ दिन आराम से बैठेंगे या घूमेंगे लेकिन इतना बड़ा मंसूबा बांधकर वह अब शांत कैसे बैठ सकते हैं? उनके भक्तों की काफी तादाद थी। दो-चार राजे भी उनके भक्तों में थे जिनकी यह पुरानी लालसा थी कि देवकुमार जी उनके घर को अपने चरणों से पवित्र करें और वह अपनी श्रध्दा उनके चरणों में अर्पण करें। मगर देवकुमार थे कि कभी किसी दरबार में कदम नहीं रखा, अब अपने प्रेमियों और भक्तों से आर्थिक संकट का रोना रो रहे थे और खुले शब्दों में सहायता की याचना कर रहे थे। वह आत्मगौरव जैसे किसी कब्र में सो गया हो।

और शीघ्र ही इसका परिणाम निकला एक भक्त ने प्रस्ताव किया कि देवकुमार जी की साठवीं सालगिरह धूमधाम से मनाई जाय और उन्हें साहित्य-प्रेमियों की ओर से एक थैली भेंट की जाय। क्या यह लज्जा और दुख की बात नहीं है कि जिस महारथी ने अपने जीवन के चालीस वर्ष साहित्य-सेवा पर अर्पण कर दिए, वह इस वृध्दावस्था में भी आर्थिक-चिंताओं से मुक्त न हो? साहित्य यों नहीं फल-फूल सकता जब तक हम अपने साहित्य-सेवियों का ठोस सत्कार करना न सीखेंगे, साहित्य कभी उन्नति न करेगा। और दूसरे समाचारपत्रों ने मुक्त कंठ से इसका समर्थन किया। अचरज की बात यह थी कि वह महानुभाव भी जिनका देवकुमार से पुराना साहित्यिक वैमनस्य था, वे भी इस अवसर पर

उदारता का परिचय देने लगे। बात चल पड़ी एक कमेटी बन गई, एक राजा साहब उसके प्रधान बन गये। मि.सिन्हा ने कभी देवकुमार की कोई पुस्तक न पढ़ी थी, पर वह इस आंदोलन में प्रमुख भाग लेते थे। मिस कामत और मिस मलिक की ओर से भी समर्थन हो गया। महिलाओं को पुरुषों से पीछे न रहना चाहिए। जेठ में तिथि निश्चित हुई। नगर के इंटरमीडिएट कॉलेज में इस उत्सव की तैयारियां होने लगीं।

आखिर वह तिथि आ गयी। आज शाम को वह उत्सव होगा दूर-दूर से साहित्य-प्रेमी आए हैं। सोरांव के कुंअर साहब वह थैली भेंट करेंगे। आशा से ज्यादा सज्जन जमा हो गए हैं। व्याख्यान होंगे, गाना होगा, ड्रामा खेला जायगा, प्रीति-भोज होगा, कवि-सम्मेलन होगा। शहर में दीवारों पर पोस्टर लगे हुए हैं। सभ्य-समाज में अच्छी हलचल है, राजा साहब सभापति हैं।

देवकुमार को तमाशा बनने से नफरत थी। पब्लिक जलसों में भी कम आते-जाते थे लेकिन आज तो बरात का दूल्हा बनना ही पड़ा। ज्यों-ज्यों सभा में जाने का समय समीप आता था उनके मन पर एक तरह का अवसाद छाया जाता था। जिस वक्त थैली उनको दी जायगी और वह हाथ बढ़ाकर लेंगे वह दृश्य कैसा लज्जाजनक होगा जिसने कभी धन के लिए हाथ नहीं फैलाया वह इस आखिरी वक्त में दूसरों का दान ले? यह दान ही है, और कुछ नहीं। एक क्षण के लिए उनका आत्मसम्मान विद्रोही बन गया। इस अवसर पर उनके लिए शोभा यही देता है कि वह थैली पाते ही उसी जगह किसी सार्वजनिक संस्था को दे दें। उनके जीवन के आदर्श के लिए यही अनुकूल होगा, लोग उनसे यही आशा रखते हैं, इसी में उनका गौरव है। वह पंडाल में पहुंचे तो उनके मुख पर उल्लास की झलक न थी। वह कुछ खिसियाय से लगते थे। नेकनामी की लालसा एक ओर खींचती थी, लोभ दूसरी ओर। मन को कैसे समझाएं कि यह दान दान नहीं, उनका हक है। लोग हंसेंगे, आखिर पैसे पर टूट पड़ा। उनका जीवन बौद्धिक था, और बुध्दि जो कुछ करती है नीति पर कसकर करती है। नीति का सहारा मिल जाए तो फिर वह दुनिया की परवाह नहीं करती। वह पहुंचे तो स्वागत हुआ, मंगल-गान हुआ, व्याख्यान होने लगे जिनमें उनकी कीर्ति गाई गई। मगर उनकी दशा उस आदमी की-सी हो रही थी जिसके सिर में दर्द हो रहा हो। उन्हें इस वक्त इस दर्द की दवा चाहिए कुछ अच्छा नहीं लग रहा है। सभी विद्वान् हैं, मगर उनकी आलोचना कितनी उथली, ऊपरी है जैसे कोई उनके संदेशों को समझा ही नहीं, जैसे यह सारी वाह-वाह

और सारा यशगान अंध-भक्ति के सिवा और कुछ न था। कोई भी उन्हें नहीं समझा–किस प्रेरणा ने चालीस साल तक उन्हें संभाले रक्खा, वह कौन-सा प्रकाश था जिसकी ज्योति कभी मंद नहीं हुई।

सहसा उन्हें एक आश्रय मिल गया और उनके विचारशील, पीले मुख पर हल्की सी सुर्खी दौड़ गई। यह दान नहीं प्रोविडेंट फंड है जो आज तक उनकी आमदनी से कटता जा रहा है, क्या वह दान है? उन्होंने जनता की सेवा की है, तन-मन से की है, इस धुन से की है, जो बड़े-से-बड़े वेतन से भी न आ सकती थी। पेंशन लेने में क्या लाज आये?

राजा साहब ने जब थैली भेंट की तो देवकुमार के मुंह पर गर्व था, हर्ष था, विजय थी।

***